三毛猫ホームズの失楽園

赤川次郎

角川文庫 14677

三毛猫ホームズの失楽園　目次

プロローグ

　初めに光があった。

　いや、それ自体が光を発していたわけではない。光っていたというのは、開いたドアから入った明りが、それに反射していたというだけのことだったからである。

　しかし——目が薄暗がりに慣れない内、彼はその光るものが何なのか、よく分からなかった。そこにはベッドがあり、丸くて光っているものはどうも——禿《は》げた頭のようだったが、彼の妻は別に禿げてはいなかった。

　目が慣れない内に、音の方が彼の耳に届いて来た。ギシギシときしむのはベッドのせいだ。

　そして荒い息づかい、それに混って聞こえる呻《うめ》き声ともため息ともつかぬものは……。

　立ちすくむ彼の全身から血の気がひいて行った。同時に、向うも彼のことに気付いて顔を上げた。

　今度は禿げ頭でなく、そのギョロリとした目が光っていた。その視線は真直ぐに、少しもあわてたりうろたえたりせず彼を見据えていた。

彼は、妻が気配に気付いて息をのむ音を聞いた。男の下になって自由のとれない体をねじるようにして、妻は少し頭を枕から持ち上げ、ドアの方へ目をやって夫の姿を認めた。

妻が目を伏せ、次は夫の方だった。

妻の上になった禿げた男は、目をそらす気などさらさらない様子で、

「邪魔だよ、君」

と言ってのけた。「廊下で待っていたまえ」

彼は、異議を申し立てることさえしなかった。素直に廊下へ出ると、ドアを閉めた。

むしろ、危うく、

「失礼しました」

とか、「お邪魔しました」

とでも言いそうになったのである。

彼は二、三歩行って膝《ひざ》のたがが外れたようにしゃがみ込んでしまった。そして壁にもたれて、立て膝を抱え込むようにしてじっと座り込んで動かなかった。

閉めたドアから何も聞こえては来なかったが、彼の耳の奥ではベッドのきしみと、妻の声、あの男の声が入り混って響き続けて止まなかった。

——何分待ったのか、それとも何十分か、何時間か。

ドアが開いて……。それも、「おずおずと」でも、「ひっそりと」でもなくアッサリ大胆に開いて、禿げた男はガウンをはおって出て来た。

そして、廊下にうずくまる彼の前を、目もくれずに通り過ぎようとしたが、ふと気が変ったのか足を止め、

「奥さんが待ってるよ」

と言った。「行ってあげたまえ。泣いているかもしれん」

室内ばきの音が廊下にパタパタと響いて、その男は立ち去って行った。

彼は立ち上って——膝に力が入らず、容易なことではなかったが——壁に手をついて支えながら、ドアへと足を進めた。

泣いてるって？　まさか！　笑ってるのさ、俺のことを。女房を寝取られて、文句一つ言えない亭主のことを。

なあ、そうだろう？

ドアを開けるのが怖かった。妻がケロリとした顔で、

「お帰りなさい」

とでも言いそうな気がして。

泣いてるって？　泣いてなんかいるもんか。泣くくらいなら、初めからあいつに抱かれたりしないさ。そうじゃないか？

答えを期待してもむだなことだ。誰に訊《き》いていいか分らない問いだったのだから。

ドアを開けた。

——それで良かったのだ。もう少し遅かったら間に合わなかったろう。

廊下の明りが射し入って、バスルームへの仕切りのカーテンのフックから、ガウンの紐《ひも》で首を吊《つ》って揺れている妻の体が浮かび上って見えた。

「有貴子《ゆきこ》！」

彼は叫んだ。「——有貴子！」

駆けつけて、倒れていた椅子を起し、それに乗って必死で妻の体を抱え上げた。フックに縛りつけた紐が、片手ではなかなか解けず、妻の体をもっと高く抱え上げて、フックから引き抜いて外そうとした。

もう少し……。もう少しだ。

外れた！——と思ったとたん、バランスを失って、彼は妻を抱えたまま、椅子ごと引っくり返り、床へしたたか頭を打ちつけた。

目が回った。痛くて声も出ない。

喘《あえ》ぎながら、何とか起き上ろうとしていると——。

「痛い……」

と、有貴子が呻いた。

「──有貴子！　生きてるか」

と、起き上る。

「頭が……。痛い……」

有貴子の方は、うつ伏せに落ちて額をぶつけたらしい。額にポカッと赤い丸が浮かんだと見る間におモチか何かのようにはれ上って来た。

「有貴子……」

「痛い……」

有貴子が泣き出す。

「生きてたんだ……。生きてたんだな」

彼は妻を抱きしめた。

まだ頭は痛く、目も回っていたが、それでも妻を抱きしめて離さなかったのだ……。


窓は音もなく開いた。

──やった！

ちゃんと出かけるときに鍵《かぎ》を外しておいたのである。いくら何でも、その後にまた確かめることはあるまいと思っていたのが当った。

そっと中へ忍び込むと、窓を閉め、ロックする。──これでいい。

そろそろ夜が明けてくるころだった。早いとこベッドへ潜り込もう。

靴を手にさげ、信忍《しのぶ》は居間を横切って行った。暗いが、いつも歩き回っているのだ。大方の見当はつく。

夜遊びも楽じゃないわ、と信忍は思った。——二、三時間遊んで帰るために、ずいぶん苦労するが、それがまた面白い年ごろでもある。

あ、そうそう。——忘れるところだった。

廊下へ出ると、台所の方が少し明るくなっている。常夜灯が、この屋敷のセキュリティシステムのパネルを照らしていた。

出かける前に、この電源を落としておいたのだ。そうしないと、窓を開けたら家中に警報が鳴り響き、同時に警備会社へ連絡が行って、すぐに人が飛んで来てしまう。

信忍はパネルの扉を開けて、メインスイッチを押そうとした。

突然——後ろから大きな手が信忍の口をふさぐ。同時にがっしりと抱きすくめられていた。心臓が止るほどびっくりした。

「声を出すな」

耳もとで囁《ささや》く声。「分ったか？」

肯《うなず》くしかない。怖いというより、何ごとが起ったのか分らなかった。

信忍は、台所の椅子の方へ引張って行かれると、逆らう間もなく、両手首を縛られて椅子にくりつけられてしまった。

「——問題児だな」

と、その男は言った。「おかげで、警報は切ってあるし、窓は開いてるし、こんな楽な仕事はないよ」

どんな男かは分らなかった。——黒ずくめの格好に、目の所だけ穴のあいた頭巾《ずきん》のようなものをスッポリかぶっていたからだ。

「泥……棒？」

我ながらつまらないことを訊いたものだ。

「〈職業〉って欄にゃ書けないがね」

と、その男は言った。「今日のところは、現金だけで帰ることにするよ」

信忍は、このまま取り残されたらどういうことになるか、考えてゾッとした。

「——待って！　ねえ、待って」

信忍は、行きかけた男へ訴えかけるように、「お願い！　黙ってるから、あなたのこと。この手を——ほどいて」

「黙っててもらわなくて結構。ついでに名のっとくよ。姿が消えても笑いだけ残る。〈チェシャ猫〉って知ってるか？」

「——〈不思議の国のアリス〉に出てくる猫ね」

「そう。〈チェシャ猫〉ってのが通り名だ。警官が来たらそう言いな」

「お願い！　外へ遊びに行ってたのがばれるとまずいの！　靴もそこに転がってるし……。お願い！」

信忍は押し殺した声で言った。

男はちょっと笑うと、素早く姿を消した。

どうしよう……。

何とか手首を縛った縄が緩まないか、動かしてみたが、相手はどうやらプロらしい。手早く縛った割には全く緩む気配もなかった。

だめか……。お母さんが何と言うだろう？

諦《あきら》めてため息をついてから、ギクリとする。

その泥棒が戻って来ていた。

何だろう？――どうしようっていうの？

男の手に光る物が見え、信忍は青ざめた。ナイフだ！

殺されるのかしら？　やめて、やめて！　そんなひどいことって……。

男が素早く近付いてくると、ナイフがヒュッと空を切って、次の瞬間、信忍の手首は自由になっていた。

「――ありがとう！」

と言ったときには、もう泥棒の姿は見えなくなっていた。

あれは現実だったの？　幻か、夢でも見たのだろうか。

信忍は呆然《ぼうぜん》と立ちすくんでいたが、やがてハッと我に返って、急いで自分の靴を拾い上げた。

〈チェシャ猫〉さんか。——変った人だわ。

信忍は、パネルのスイッチを入れ、台所を出ると、忍び足で——それこそ泥棒のように——二階へと階段を上って行った。

何だか〈チェシャ猫〉の「ニヤニヤ笑い」が後ろから自分を見送っているような気がしてならなかった。

1　アダムとイヴ

「〈チェシャ猫〉だって。ふざけた名前だ。――なあ、ホームズ」

と、片山義太郎《かたやまよしたろう》が声をかけると、

「ニャア」

と、ホームズはさほど関心のなさそうな（？）声を上げて昼寝を続けた。

「どうせ『三毛猫の方がずっと上だよ』とでも言ってるのよ」

妹の晴美《はるみ》がコーヒーを飲みながら、「今日は珍しく石津《いしづ》さんが来ないわね」

「よせって。噂するとすぐ現われる奴なんだから」

片山としては「妹の彼氏」が我が家に入り浸るのが面白くない。といって、石津刑事が
その大きな体一杯に、

「晴美さんを愛してます！」

という気持を現わしているほどは、晴美の方では熱がない。

悪い人じゃないけどね……。晴美は男性と距離を置いた付合い方をするようにしている。

兄、義太郎が独身でいるせいもあるだろう。

「——今度はどこに盗みに入ったの？」

と、晴美が訊《き》く。

今日は非番で、昼過ぎまでのんびり眠っていた片山は、少々寝過ぎで欠伸《あくび》をしながら、

「彫刻が盗まれたんだってさ。——ブラックマーケットに出れば何億円の値打だそうだ」

「へえ。どうやって盗んだの？」

「展示会が終って、作品を一つずつ片付けるとき、その作業に犯人が混ってたらしい。大胆だな。当然、そう大人数じゃないはずなのに」

「へえ。どうしてその犯人だって分ったの？」

「FAXが届いたのさ。白い紙に歯をむき出したニヤッと笑ってる猫の絵が描いてあって……」

「ディズニーのアニメで見たわ」

「あれはテニエルって画家が描いたんだ」

と、片山は得意そうに言った。

晴美は目を丸くして、

「お兄さんがどうしてそんなこと知ってるの？」

「知ってちゃ悪いか」

と、片山がむきになっている。「うちにゃ絵の好きな課長がいる」

「あ、栗原《くりはら》さんか。なるほどね。また何か描いてるの?」

捜査一課長という肩書には似合わない(と言っては気の毒だが)のんびりした好人物である栗原は絵を描くのが趣味で、よく周囲を、「どう賞《ほ》めたらいいか」と悩ませている。

「何か今度大作をものすると言って張り切ってたぞ。――おい、噂をすれば、だ。石津の奴だぞ」

廊下に足音がした。ホームズがヒョイと頭を上げる。

晴美は首をかしげて、

「石津さんの足音なら、もっと重いわよ」

「しかし――」

玄関のチャイムが鳴る。「ほら見ろ。――待ってろ! 今、開ける」

「お兄さん――」

「飯はまだだぞ。腹を空《す》かして来たのなら、おあいにくさまだ」

と、ドアを開けて、「――課長」

同じ「噂をすれば」でも、何と栗原が立っていたのだ。

「腹は減ってないけどな」

と、栗原は言った。「お茶ぐらい出るかな?」

「ニャー」

と、ホームズが笑った。

「モデル？――私が？」

晴美が目を丸くした。

「そう！　ぜひお願いしたい。君のイメージこそ、私のテーマにピッタリなのだ」

栗原は熱心に言った。「どうかね。ま、バイト代くらいのもんしか出せんのは、承知しといてもらわんといかんが」

「そんなものいいんですけど……。どうせ今のところ暇ですし」

「じゃ、やってくれるか！　ありがたい！」

と、栗原は満面に笑みを浮かべて、「いや、私もそうそう毎日絵を描いてるわけにゃいかんからな。休日や日曜日に限られるが」

「しかし……課長、何を描こうとおっしゃるんですか？」

片山が訊くと、

「うん、まあ……。よくある題材だよ。そう、いい加減描き尽くされた感があって今さら私如きが描いてどうなるというものじゃないが……」

何となくはっきり言わないのが怪しい。

「課長、はっきり言って下さい。何ですか、テーマは？」

「本来は男と女なのだ。だから、お前にも一緒にモデルになってもらおうかと思ったんだが……。忙しくてそれどころじゃあるまい」

「それで──」

「野上益一郎《のがみますいちろう》画伯が選定に当ることになっている。当人もそのテーマで今描いておられる最中なので、独創的でユニークな作を望んでいる、というコメントを出されている」

「だからテーマは？」

栗原は何となく目をそらし気味にして、

「つまり……人類の原罪だ」

「現在ですか」

「そうじゃない！〈原罪〉。つまり、アダムとイヴの〈楽園追放〉だ」

片山は啞然《あぜん》として、

「アダムとイヴ……」

「そうそう、見たことあるだろ、禁断のリンゴをかじって、エデンの園を追われる絵を」

「それくらい知ってます。じゃ、晴美をイヴのモデルに？」

「アダムにゃ向かんだろう」

「待って下さい。あれは悪い蛇にそそのかされてリンゴをかじったばかりに恥ずかしさを知って……」

「うむ、よく知っとるじゃないか」

片山は目をむいて、

「それじゃ――晴美のヌードを描くっていうんですか！」

「お兄さん……」

「いや、裸といっても、イチジクの葉っぱをつけておる」

「そんなもの、あっても無くても同じです！　とんでもない！　晴美は職業的なモデルじゃないんですよ。ヌードだなんて、絶対にだめです！」

片山は一人でカッカしている。

課長がわざわざこんなアパートまで出向いて来たのだから、ただごとでないことぐらい察して良かったのである。

「課長さん。私がイヴなら、アダムは誰が？」

「晴美――」

「いや、よく訊いてくれた。さっきも言った通り、片山に頼みたかったが、そんな時間もあるまい。それで、考えたのは――」

廊下にドタドタと足音がした。今度こそ、聞き慣れた足音だ。

「片山さん！　お元気ですか！」

と、勢い良くドアを開けた石津は、栗原を見て、「あ……」

と言ったきり、黙ってしまった。

「――栗原さん、アダムのモデルに……石津さんを？」

「そうなんだ！　いや、晴美ちゃんは実に察しがいい！」

栗原は汗を拭《ふ》いている。

石津と晴美が裸で一緒にモデルになる？　片山は、考えただけで頭にさらに血が上って、

「冗談じゃない！　そんなことをしたら、課長を訴えます！」

と、拳《こぶし》を振り回した。

「ニャー」

ホームズが面白がっている。

石津一人、何のことか分らず、

「片山さん、何か悪いものでも食べたんですか？」

「ま、そんなもんね」

と、晴美は肯《うなず》いて、「上ってゆっくりして。しばらくかかりそうだから」

「あなた――」

と、有貴子が落ちつかない様子で言った。「もうじき五時だから……」

「じっとして」

と、塚田《つかだ》は言った。「動くと、影の出方が変る」

塚田の手にした絵筆がキャンバスの上で軽やかに動いている。

「でも……。もう八百屋さんの来る時間なのよ」

「動くんじゃない！」

と、厳しい声が飛ぶ。「頭を動かさないで。有貴子、頭が傾いてる。——逆だ！」

有貴子は情ない顔でソファに座っていた。

落ちつかないのも仕方ない。有貴子は裸で、夫の絵のモデルになっていたのだから。

有貴子は一人ではなかった。有貴子の傍には、まだ女らしいふくらみには乏しいものの、つややかな肌が濡《ぬ》れたように光っている少女が、ソファの背もたれに腰をかけて、有貴子の肩に白い手を置いている。

「よし……。久美子《くみこ》はじっとしてていいぞ。お前の方が優秀なモデルになれるかもしれん」

と、塚田が言った。

「高いよ」

と、久美子が言った。

久美子は十六歳。母、有貴子の四十代に入った体と比べれば、むだのない裸身だが、ほっそりとしている分、寒そうでもあった。

「――ね、あなた、少し休んで」

と、有貴子は、アパートの隣の部屋で声がするのを聞いて言った。「八百屋さんだわ。うちへ来るから――」

「終った」

「え？」

「仕上った」

塚田は息をついた。

「――じゃ、もういいの？」

と、久美子がピョンとソファから下りると、

「見せて！」

と、駆けて来る。

「久美子！　服を着ないと風邪ひくわよ！」

と、有貴子があわてて言った。

「見て！　お母さん、ちゃんとお腹が出てるよ」

「変なこと、喜ばないで」

と、有貴子がむくれていると、玄関のドアにノックの音。

「今日は、八百屋ですが」

「あ。──はい！　ちょっと待って！」

有貴子はあわてて裸の上にスカートをはき、セーターをスポッとかぶって、「久美子、奥へ入ってなさい！」

「はあい」

面白がって、久美子は飛びはねるように奥の部屋へ飛び込んで行き、襖《ふすま》を閉めた。

「──ごめんなさい、ちょっと洗いものしてて」

と、ドアを開けた有貴子は、「大根とニンジン。それと……キャベツもね」

「かしこまりました」

愛想《あいそ》のいい八百屋は、トラックで回って来て、部屋まで注文を取りに来ては運んでくれる。「──毎度、どうも」

有貴子はドアを閉めると、息をついて、

「汗かいちゃったわ」

と言った。「──全部すんだの？」

「周りは少し残ってるが、お前たちの分はすんだ。ご苦労さん」

塚田の表情がやっと緩んだ。

「いいえ」

有貴子は、ソファの後ろにまとめておいた下着を取り出し、身につけた。「こんなお腹のダブついたイヴでいいのかしら?」

「〈二人のイヴたち〉だ。まだ何も知らないイヴと、子を産んで母性の象徴になったイヴ。

――これでいいのさ」

「アダムはいらないの?」

「俺じゃ、貧弱すぎて、〈栄養失調のアダム〉になる」

と、塚田は笑った。

確かに正直なところ、塚田はもう五十代も半ばで、大分「老い」の影が射して来ている。年齢にしては老けていると言っていいだろう。

画家として不遇な暮しをして来たから、と――。「何も金になると思って描いているわけじゃない」という言葉は本音だろうが、現実の生活のためには、絵がある程度売れなくては仕方ないのだ。

「これが認められたら、恥ずかしいわ」

と、有貴子は苦笑して、「大勢の人に見られると思うと」

「そうなってくれりゃいいんだが」

塚田も、屈託なくそう言えるだけの度量は持っている。「しかし、何といっても、久美子にはありがたいと思ってる」

塚田は、少し小声になって、

「十六歳なんて、一番恥ずかしい年ごろだろうに……。実の父親でもない男に裸を見せて……」

「あの子は大丈夫」

と、有貴子は首を振った。「しっかりした子よ。自分で一旦《いったん》納得すれば、後でくよくよ考えたりしないわ。私の方がよっぽどだらしない」

「そうだな……。じゃ、この絵で賞金が入ったら、真先に久美子に何か買ってやろう」

「そうしてあげて」

有貴子は、もう八百屋が戻ってくるというので、あわてて鏡の前で服がちゃんとしているか、チェックした。

——久美子が奥から出てきた。

「今日、美術の先生が〈アダムとイヴ・コンクール〉のこと、話してたよ」

「——そう？　何ですって？」

「先生も出そうかって。お前たちモデルになってくれるか、って言うから、一斉に『やだ！』って」

と、笑う。

「うちは二人もモデルがいて良かったわ」

「そうだよね。——ご飯、手伝う？」

「大丈夫。あんた、宿題は？」

「親孝行して、忙しかった、って言うわ」

久美子は、テーブルの上を片付けて、「お父さん、受賞スピーチ、考えてあげるよ。お安くしとくから」

「そのときは頼むよ」

と、塚田が笑って、絵をていねいに部屋の隅へ運ぶ。

有貴子は手早く夕食の仕度をした。

夜になると、有貴子も仕事がある。雑誌の目次やコラム類の余白に入れるカットを描く仕事で、昔からの付合いの編集者が回してくれるのである。

安定しているとは言えないが、欠かせない副収入だった。

前の夫は久美子が生れて間もなく、車の事故で死んだ。有貴子は一人で久美子を育てつつ、何でもして働いた。

塚田と知り合ったのは、ある絵本の仕事を手伝ったとき。——塚田は既に五十になっていたが、その誠実な人柄に有貴子はひかれた。

「次に結婚する相手はピカソ」

などと言っていた有貴子だが、久美子に笑われつつ、五年前に再婚した。

貧乏暮しは相変らず。しかし、有貴子は心穏やかだった。

「——審査員は誰なの？」

と、久美子が訊く。

「何人もいる。下選考で何十点か選んで、それを偉い先生たちが見るんだ」

「ふーん。じゃ、そこまで行くのが大変なんだね」

「そうさ。大部分はその前で落とされる」

塚田は絵具だらけの手を眺めて、「みんな必死に描いてくるんだ。——審査委員長は、野上益一郎だよ」

「あ、知ってるその人」

と、久美子が言った。「まだ生きてたの？」

「おいおい。——しかし、もう六十七、八かな。元気なもんだよ。手を洗ってくる」

「うん。——お母さん、どうしたの？」

と、久美子は言った。

有貴子が台所仕事の手を止めて、呆然《ぼうぜん》と立ちすくんでいる。久美子の声も耳に入っていない様子だ。

「お母さん？」

と、久美子がそばへ行くと、

「え？——何なの？」

と、早口に、「久美子、そのお皿、拭《ふ》いといてちょうだい」

「うん……」

変だな、と久美子は首をかしげた。

お母さん、真青になって。――どうしたっていうんだろう?

でも、久美子はあえてそれ以上は訊《き》かなかった。

有貴子も、食事の仕度を終るころには、いつもの通り明るく振舞うようになっていたのだ。

「――さあ、明日はあの絵を届けてくるぞ」

と、席について塚田が言った。

「じゃ、今日は前祝いだ」

久美子の言葉に、塚田も有貴子も明るく笑った。

久美子は安堵《あんど》した。――何でもなかったんだ。

そう、ただの思い過しだったんだ……。

2　旧　友

室内専用の電話が鳴って、好子《よしこ》は急いで駆けつけた。

「——はい」

夫からだということは分っている。地下のアトリエには夫以外いないのだから。

「じき、向井《むかい》が来る。ここへ通してくれ」

愛想《あいそ》のない声が言って、好子が返事もしない内に切れてしまう。

「何よ……」

と、ブツブツ言いつつ受話器を戻す。

向井か。——好子はあの画商のことがあまり好きでない。

何を考えているのか分らない男で、少し色のついたメガネの奥からじっと見つめられるとゾッとする。

しかし、何といっても夫が自分の絵に関してはすべて向井に任せているのだから、有能ではあるのだろう。好子としては、野上益一郎の作品を少しでも高く売ってくれればそれでいい。

野上好子は、広い居間の中を見回した。

四十五歳。——そう若いとも言えないが、夫、野上益一郎とは二十歳以上も離れている。結婚して十五年。信忍が生れて一年たってからの結婚だった。——十五年か。まるで三十年もたって、すっかり老け込んでしまったような気がする。

夫の方は六十八歳で今なお若い女と平気で出歩き、泊ったりしてくるというのに。

待つほどもなかった。

十分足らずで、向井が現われる。

「——先生はおられますか」

好子にお世辞の一つも言わない。暑いも寒いも、余計なことは何も言わないのだ。

「アトリエでお待ちしています」

と、好子は言った。「どうぞ」

「失礼します」

一体いくつなのか、オールバックにした半白の髪、いつも蝶《ちょう》ネクタイのスーツ姿。鞄《かばん》を小わきに抱えたところはどう見ても営業マンである。

「——向井さん」

と、好子は呼びかけていた。「何かお飲物でも?」

向井は、軽蔑《けいべつ》し切ったような目つきで振り返ると、

「結構です」

と一言、アトリエへと階段を下りて行った。

「人を馬鹿にして！」

と、好子は一人になると吐き捨てるように言った。

苛々《いらいら》する。腹が立つ。

自分は野上の妻なのだ。それなのに、向井は一片の敬意さえ払おうとしない。他の人たち――美術館や、美術関係の出版社の人たちは、好子にも色々手みやげなど持って来て、少しは世間話もして行く。

向井一人が、好子を無視していた。

いや、夫の野上にしたところで、好子のことをどう思っているのか……。

来客がある、ないにかかわらず、好子は地下のアトリエに一歩たりと入ることを許されていない。

野上も、時折この居間へ上って来て人と会うこともあるが、アトリエへ呼ぶときは好子は除け者である。

向井は必ずアトリエへ呼ばれる、ただ一人の男だ。

「好きにすりゃいいわ」

と、好子は呟《つぶや》いた。

アトリエから電話が鳴った。

「——はい、あなた」

何だというのだろう？

「好子、つかいを頼む」

「え？」

「B出版の小田《おだ》、知ってるな」

「はい」

「あいつの所へ行って、美術書を一冊、受け取って来てくれ。連絡してある。行けば分る」

「分りました」

妙な話だ。いつもなら向うを呼びつけるだろう。

「急ぐことはない」

と、野上は言った。「夕食は外へ出て取る。お前もどこかで食べて来ていい。少しのんびりして来い」

好子はポカンとしていた。耳を疑ってしまう。

「好子、聞いてるのか？」

「はい。——分りました」

好子は、飛びはねるように二階へ駆け上ると、急いで着替えた。

野上があんなことを言うなんて！　一体どういう風の吹き回しだろう？

でも、断る手はない。気の変らない内に、と、わずか十分ほどで仕度すると、好子はさっさと屋敷を出た。

「——あ、奥様」

通いのお手伝い、加代《かよ》と、ちょうど門の前で出くわす。

「あら、加代さん。急に出かけなきゃいけなくなって。主人はアトリエで向井さんと話してるから、邪魔しないで。それじゃ」

「はあ……」

加代は、口笛でも吹きそうな様子で行ってしまう好子を見送った。

もうここに十年以上通っている加代は三十代の半ば。でも、あんな様子の「奥様」を見るのは初めてだった……。

「暑さのせい？」

十月も末というのに、それはあるまい。

首をかしげつつ、加代は門の中へ入って行った。

「――これが?」

と、片山は言った。「〈アダムとイヴ〉ですか」

呆《あき》れたような印象をできるだけ与えないようにと努力したつもりだったが、それは不可能だった。

しかし、栗原の方も大分逞《たくま》しくなっていた。

「俺の絵は、分る人間にしか分らんのだ」

と、静かに肯《うなず》いたのである。

「でも……男と女には違いないわ。ねえ、ホームズ?」

「ニャー……」

ホームズも、何と言っていいか(?)、迷っている様子だった。少なくとも片山にはそう思えた。

会議室に置かれたその絵は、かなりの大きさで、片山は、

「全部絵具を塗るのは大変だったでしょうね」

と言いかけてやめた。

呼ばれてやって来た晴美たちも、しばしその絵を眺めて沈黙せざるをえなかった。

男と女の絵には違いない。しかし、エデンの園を追放されるアダムがなぜ紺の背広にネクタイなのか。イヴがなぜ事務服を着ているのかは、片山たちに理解できなかったのであ

る。

「俺は考えた」

と、栗原は言った。「ヌードのモデルを雇うことも。しかし、そんなものは平凡だ。ありきたりだ。そしてふとひらめいたのだ！　現代の〈アダムとイヴ〉を描こう、と」

「はあ……」

「意図は明白だろう。〈リストラでクビになって、会社を去るアダムとイヴ〉——どうだ？　現代の問題を鋭く抉《えぐ》っているとは思わんか」

晴美が笑顔になって、

「——すばらしい着想ですわ！」

と言った。「とても他の人には思い付きませんわ」

「そうだろう！」

栗原もホッとしたような表情になった。「俺も、晴美ちゃんなら分ってくれると思っていた」

「でも、それならむしろ、〈不倫がばれてクビになったアダムとイヴ〉の方がリアルじゃないでしょうか？」

「うむ……。そうだな。それも悪くない」

と、真剣に考え込んでいる。

そこへドアが開いて、

「遅くなりました！」

と、石津が入って来た。「電話がかかって……。あ、これですか！」

晴美は、石津が妙なことを言い出す前に、

「これ、現代の〈アダムとイヴ〉をお描きになったんですって。ユニークよね！」

と、力強く言った。

「はあ……。それで服を着てるんですね？」

石津はじっと絵をにらみ、「――これからこの二人、カラオケに行くんでしょ？」

と言った。

栗原がその言葉を注意して聞いていなかったのは、幸いというべきだったろう。

「――課長、お電話です」

と、部下が顔を出す。

「ああ、誰からだ？　急ぎでなきゃ待たしとけ」

「ええと……野上益一郎とか……。画家だそうですが。〈ジャンプ〉や〈マガジン〉じゃ見かけませんね」

画家とは〈漫画家〉のことだと思っているらしい。

「――おい、野上益一郎だと？」

「はあ」

「この〈アダムとイヴ・コンクール〉の審査委員長だ。――つないでくれ」

「きっと合格の知らせですよ」

と、石津が言った。

「出してもいないのに？」

と、片山はそっと晴美の方へ囁《ささや》いた。

「――もしもし。――は、どうも。――私でございます！」

片山は、ホームズと共にもう一度絵に見入った。

あくまで晴美をモデルにすることを拒んでしまったので、多少後ろめたさを感じている。

「しかしな……。モデルにしたって、大して変んなかったよな」

と、呟くと、ホームズも静かに目を閉じたのだった。

「――では、早速、片山という者をうかがわせます！」

栗原の言葉に、片山はびっくりして振り向いた。

栗原は、電話を切ると、

「ちょうどいい。片山、お前、その絵を持って、S美術館へ行ってくれ」

「僕が……ですか？」

片山は問い返して、「いや――それはやはり、課長がご自身で運ばれた方が。絵の方だってその方が幸せです」

「俺は忙しいのだ」

栗原は片山の肩を叩《たた》いて、「野上先生は、俺が絵を描くことをご存知で、『ぜひ作品を拝見したい』とおっしゃった！　『拝見』だぞ！」

「はあ……」

「加えて、相談したいことがあるので、有能な刑事さんにおいで願いたい、ということだ！　そうなればお前しかいない！」

栗原は片山の肩をギュッと抱いて、「よろしく伝えてくれよ。いいな」

片山は、この絵を見たときに野上益一郎が何と言うか、それを考えると、返事のしようがなかった。

栗原が行ってしまうと、片山は、

「晴美。お前も会ってみたいだろ？」

と、愛想《あいそ》良く言った。「な？　ホームズも？」

晴美とホームズは聞こえないふりをして、わきを向いたのだった……。

「──もう行くよ」

と、戸並恭介《となみきようすけ》は言った。コーヒーを飲み干した。

「もう？　一時間もたってないわ」

樋口江利子《ひぐちえりこ》は口を尖《とが》らした。

「分ってくれよ。先生は時間にうるさい」

「先生第一ね。——仕方ない」

と、江利子は肩をすくめた。

「その代り——」

と言いかけて、戸並は口ごもった。

「その代り？——何なの？——何か買ってくれる？」

江利子は微笑んで、「いいの。無理をしないで。あなたの未来が大切ですものね」

と、恋人の手に自分の手を重ねる。

「すまないね」

「電話してね。いつでもいいから」

と、江利子は言った。

「分った。じゃあ……」

戸並は伝票を取ると、立ち上って、レストランを足早に出て行った。

江利子は、ぼんやりと空になった椅子を眺めている。——今日は一日付合えるというので、わざわざ休みを取った。それなのに……。

戸並のせいではない。分っているのだ。

野上益一郎の「弟子」である戸並は、いつも「先生」の気紛《きまぐ》れに振り回されている。江利子とのデートもままならないのだ。

樋口江利子は二十八歳のOL。もう戸並とは五年の付合いである。

美大で一緒だった二人だが、付合い出してから、江利子は絵を諦《あきら》めて普通に就職した。戸並は、たまたま教えに来た野上益一郎に気に入られ、弟子になった。

江利子も、戸並が大喜びしているのを素直に見ていた。

けれども——その後の戸並は、どう見ても野上の召使である。雑用係、使い走り。要するに便利に使われているというだけだ。

弟子といっても、何を教えてくれるわけでもないらしい。

江利子は、よほど戸並に「もうやめたら」と言ってやりたかった。しかし——野上は画壇の大物で、機嫌をそこねたらどうなるか……。

江利子は自分のコーヒーをゆっくりと飲んで、これから半日、何をして時間を潰《つぶ》そうか、と考え込んだ。

「——遅くなりました」

戸並は、美術館の広い空間に声が響くのにさえびくびくしていた。

「ああ」

野上は、チラッと戸並を見ると、壁に絵をかける作業の方へ目をやって、「——もう少し高く！」

と、鋭い声で指示した。

戸並が後ろに立つと、

「おい。少ししたら客がある。どこか部屋を捜しとけ」

「はい」

戸並が行きかけると、

「話せなかったな」

と、野上は言った。

戸並は顔を伏せた。——野上は笑って、

「まあいい。焦ることもない」

と言った。

鋭い目は、話をしながらも作業の様子を見落しはしない。

禿《は》げた頭のつややかなことも、むしろ野上を若々しく見せる。

六十八とは誰も思うまい。特に女性を見る目は生々しいものがある。

——戸並は、裏口から誰かが入って来るのを見て、

「何か？」

と、声をかけた。

「野上益一郎さんに呼ばれて来たんですがね」

と、その男は言って、「——戸並か！」

「え？」

戸並は面食らっていたが、「——片山！　片山か？」

「驚いた！」

二人はごく自然に握手をしていた。

「お前が客か、先生の？」

「先生って……。野上？」

「ああ。それにしても——」

と言いかけて、戸並は片山の後ろに、絵らしい大きな包みを抱えた女性と、三毛猫が一匹控えているのを見た。

「お前の連れか？」

「ああ。それと——〈クビになったアダムとイヴ〉だ」

片山の言葉に、戸並は戸惑っているばかりだった……。

3　秘密

テーブルには一枚のFAXが置かれていた。

文字はない。ただ、歯をむき出した「ニヤニヤ笑い」だけ。

「これがお宅のFAXに？」

と、片山は訊いた。「いつのことです？」

「三日ほど前のことです」

と、野上益一郎はゆっくりと紅茶を飲みながら言った。「――ほど、というのは、私が仕事で海外へ行っておりましてね。帰ってみるとFAXの山……。ま、いつものことなので大して気にもとめずに放っておいたのです。そして、丸一日たってからFAXをザッと見て行くと、それが中に……。いつ来たものかよく分らんのです」

片山は用紙の隅を見た。発信場所の字が消えかかっていてよく読めない。

「どうやら、コンビニか何かから送ったものらしいですね」

と、片山は言った。「これは最近よく被害の出ている――」

「〈チェシャ猫〉とかいう奴でしょう。そう思ったので、心配になりましてね」

「なるほど」

片山は、その、人を小馬鹿にしたような絵を眺めていたが、「これ一枚だけですか?」

「そうです。どうしたものか迷ったのですが、以前、画家仲間から、捜査一課の課長さんが絵をお描きになると聞いていましたのでね、ふと思い立ってご連絡してみたのです」

画壇の大物らしい貫禄《かんろく》は充分にあるが、片山たちにはあくまで礼儀正しい。しかし、話の途中、誰かが声をかけて来たりすると、

「来客中なのが分らんのか」

と、冷ややかに見るだけで、相手は青くなってサッと退《さ》がって行く。

相当に恐れられている存在なのだということはよく分った。

「これ以外に何か具体的に心配なことがありますか」

と、片山は訊いた。「いや、むろんこれだけでも充分にその理由はありますが、他にご自宅の周囲で不審な男を見たとか……」

「私は少なくともありません。家内や娘には、そのFAXのことも話していないので。いらぬ心配はさせたくありませんからな」

「すると——」

片山がそう言いかけたとき、

「先生」

と、野上の弟子の戸並がやって来て、声をかけた。

「おい、邪魔をするな」

と、野上は鋭い目で弟子の方を見たが、

「——お前か」

明るいブレザー姿の少女が、戸並の後ろに立っていたのである。

「帰ろうか?」

と、少女はわざと訊いて、「戸並さんをいじめちゃだめよ」

「誰もいじめやせん」

野上は苦笑して、「片山さん、これは娘の信忍です。——ご挨拶《あいさつ》しろ。警視庁の刑事さんだ」

「わあ、本物? 二時間ドラマじゃないんだ」

と、野上信忍は目を輝かせて言った。

「失礼だぞ。——どうしたんだ、こんな所に?」

「例の〈アダムとイヴ〉の絵がどれくらい集まってるのかなと思って。興味あるんだもの!」

「妙な奴だ」

と、野上は言った。「戸並にでも見せてもらえ。下選考から戻って来たのが並べてあるから」

「いいの？　やった！」

信忍は嬉《うれ》しそうに言ったが、ふと目がテーブルの上のFAXに落ちると、一瞬にして笑いは消えた。

「どうしました？」

と、片山は訊《き》いた。「この絵に見覚えが？」

「ええ……。だって、それ――〈チェシャ猫〉のマークでしょ。今、マスコミで騒いでるから」

「うちは大丈夫だ。あれだけのセキュリティシステムを備えてるんだからな」

「そうね。――別に怖いわけじゃないわ。もし、忍び込んで来たら、会ってみたいくらい」

と、信忍は笑って、「片山さん、だっけ？　うちの警備に来て下さるの？」

「いや、僕は捜査一課なので、つまり殺人事件が専門でしてね」

と、片山が言うと、

「へえ、すてき！」

と、信忍は変ったことに感激して、「でも、うちだって殺人事件の一つや二つ、いつでも起るわよ」

「信忍！——戸並、こいつを絵の所へ連れてってくれ。全く、ろくなことを言わん」

「はい。お嬢さん、参りましょう」

「うん。戸並さんとなら喜んで！　あ、そうそう。肝心なこと忘れてた。おこづかいちょうだい！」

信忍が手を出すと、野上は札入れを出して渡し、

「いるだけ取れ」

と言った。

「じゃ遠慮なく」

片山は、高校生の少女が一万円札を何枚も抜いて自分のポケットへねじ込むのを見て目を丸くした。

「さ、行こう！」

信忍は戸並を促して、さっさと行ってしまう。

「——どうも行儀が悪くて」

と、野上は言った。「今、娘の言っていた〈アダムとイヴ〉のコンクールのことですが、その最終選考を、うちのアトリエでやることになっています。当然、候補作はすべてアトリエに運び込まれる。——その内、どれが入選と決っても、かなりの値打のものになるでしょう」

「じゃ、〈チェシャ猫〉がそれを狙っていると？」

「わざわざうちへFAXを入れて来たというのは、その可能性があると思うのです」

「分りますが――」

「どうでしょう」

と、野上は言った。「おたくの課長さんのお作を〈特別招待作品〉として、アトリエで公開する。そこへ作者をお招きして、あなたにも一緒においでいただくというのは？」

片山は、そんな条件を栗原が拒めるわけがない、と思った。でも――いやな予感がする。

何か起らなきゃいいが。

そう。さっきの娘――信忍が言ったように、

「殺人が起ってもおかしくない」

という、そんな気が片山にもしていたのである。

「帰りまして、課長へ伝えます」

と、片山は言った。

晴美たちは、栗原の絵を持って、選考会場の方へ行っている。

「よろしく。――よろしければ、妹さんやあのきれいな猫ちゃんにもおいでいただきたいですな」

と、野上は言って笑った。

「ね、まだ見せてないの？」

美術館の廊下を歩きながら、信忍がそう言うと、戸並はギクリとした様子で周囲に人のいないのを確かめた。

「いいじゃないの、聞かれたって」

「そりゃ、君は先生の娘だからね。しかし、やっぱりまずいことをしたと思ってる」

「何、今さら。完成してるんだから見せればいいわ。あれ、とてもいい絵よ。私が言っても仕方ないけど」

「分ってる。いや……ありがとう、信忍君」

戸並は、足を止めて、壁にもたれると、「そう言ってくれて嬉しい。ともかく、こんな風にしていると、自分の才能への自信なんて、どこかへ消えてしまいそうになるんだよ」

と、高い天井を見上げた。

「お父さんに潰されないようにして」

と、信忍は言った。「お父さんの使い方はひどいわ。あなたも、時にはお父さんに反抗すればいいのに」

「そう言ってもね……」

と、戸並は気弱に微笑んで、「ともかく、やはりあれを見たら先生は激怒するさ。その場で叩《たた》き出される」

「そんなの、やってみなきゃ分んないじゃない!」

「うん……」

「モデルになるって言い出したのは私の方よ。——お父さんが怒ったら、私、ちゃんと話してあげる。ね? あなただってこれだけ描けるんだってことを見せてやるのよ」

どう見ても、十六歳の女の子が、倍の年齢の男を励ましているとは思えない。戸並は、長い間の「召使」のような暮しで、すっかり自信を失くしている様子だった。

「さ、行こう。片山の妹さんたちも来てるんだ」

と、戸並が促す。

「あの刑事さん? やさしそうな人だね」

「僕の学校のころの友だちさ」

「へえ! 偶然?」

「もちろんだよ。それと——あいつの所の三毛猫がね、なかなかユニークなんだ」

「猫が? その猫も来てるの? わあ、会いたい!」

と、信忍は飛び上るようにして喜んでいる。

戸並と信忍が会場へ向うと——その後に、ふっと顔を出したのは、当の晴美とホームズの二人。

「ああ言われちゃ、顔出しにくいわよね」

「ニャー」

「でも――しっかりした子ね、あの子」

と、晴美は感心している。「あれが野上画伯の娘か」

二人の話を、晴美は聞いてしまったのである。

話の様子では、戸並の立場に娘が同情して、絵のモデルになったということらしい。それも〈アダムとイヴ〉のだ。

どうやら、戸並は信忍のヌードを描いた。それで、父親が怒ると心配しているのだろう。

絵を描くのにヌードのデッサンなどはごく当り前のことだが、モデルでもない、高校生のヌードを描いたとなると、確かに野上は腹を立てるかもしれない。

「さ、行きましょ」

と、晴美はホームズを促した。

選考会場はかなりの広さで、五、六十点の絵がズラリと並べてある。

石津は、ただポカンとして、その光景を眺めていた。

「石津さん！」

「あ、晴美さん」

と、汗を拭《ふ》いて、「暑いですね」

「そう？　少し寒いくらいじゃない？」

「でも、これだけ女性の裸に囲まれていると……」

要するに照れているのだ。晴美は笑いをかみ殺した。

「あ、いたんですか」

戸並がやって来た。「姿が見えないんで捜してたんです」

「ごめんなさい。ちょっとあちこち覗《のぞ》いてたら、迷子になりかけて」

「あ、こちら、野上先生のお嬢さんの信忍さんです」

戸並が信忍を紹介し、晴美とホームズは初対面らしい挨拶《あいさつ》をした。

「すてきな猫！」

と、信忍はかがみ込んでホームズの柔らかい毛並をなでた。「この感じ、描けないわね」

「あなたも絵を描くの？」

と、晴美が訊《き》くと、

「まねごとです」

と、少し恥ずかしそうに言った。

「――こんなに沢山の中から入選を出すの？」

「いえ、これはその前の予選通過作を決めるんです」

と、戸並が言った。「審査員の先生方が全部を見て採点し、中から最後の数点が選ばれるんです」

「大変なものなんですね。——あ、お兄さん」

片山がやって来た。

「壮観だな」

と、ズラリと並んだ作品を見て目をみはる。

「どんなお話だったの？」

片山は、野上の話をかいつまんで聞かせた。

「あら、じゃご招待いただけるの？　すてきね」

「ぜひいらして下さい！」

と、信忍はもう大喜びしている。

「しかし……」

と、片山は言いかけてためらった。

「どうかしたの？」

「いや……。課長のことさ」

「ああ。栗原さん、喜んでみえるでしょ」

「そりゃ分ってる。だからこそ問題だ。そうだろ？」

「あ、そうね」

あの絵——〈クビになったアダムとイヴ〉が他の候補作と並ぶわけだ。いかに当人は喜んでいるといっても、片山としてはそういう場に立ち会いたくない。

「——今、あの絵は？」

と、片山が訊くと、

「ちょうど下りてくるよ」

と、戸並が言った。

ジーッという音がして、細いチェーンで吊《つ》られた絵が下りて来た。

「あれだ」

と、片山は言った。〈クビになったアダムとイヴ〉は、スポットライトを浴びて堂々と(?)存在を主張していた。

「——〈チェシャ猫〉が盗んでってくれるかもしれないわよ」

と、晴美が小声で言った。

「ニャー」

ホームズは絶望的な(?)声を上げた。

「そうだよな……。盗んじゃくれないだろうさ」

片山はそう言ってため息をついたのだった……。

4　通　知

「だって……。もう引き受けちゃったのよ」

と、女の方が言うと、男は何か言いたげに口を開いた。

しかし、結局言葉にはならなかった。

それでも思っていることは十二分に表情に現われたのである。

「ね、仕方ないじゃないの」

と、水上祥子《みずかみしょうこ》は言った。「他のバイトの口がさっぱりなんだもの」

「だからって何も……」

沢本要《さわもとかなめ》は、ゴロリとカーペットの上に横になった。それもBGMだから、気楽に弾けるし」

「パーティの間、弾いてりゃいいだけなのよ。それもBGMだから、気楽に弾けるし」

「そんな音楽をやりたいのか、君は？」

「そうじゃないわ。分ってるでしょ」

祥子は少々むくれた。

「ああ……」

沢本は少し後悔したのか、「分ってる。でも――たったそれだけのことで十万？　それって不自然じゃないか」

「この前弾いたのを、気に入って下さったのよ」

「それにしたってさ……」

――二人はしばらく黙り込んだ。

祥子は、ためらいがちに、

「あなたがどうしてもいやだって言うのなら、断るけど……」

「いや、そんなこと必要ないよ。やろう。今の僕らには十万は大金だ」

「そうね」

祥子はホッとして、「一時間かそこいらの辛抱よ」

「弾くのがいやなんじゃない」

と、沢本は言った。

「君にも分ってるだろ」

「考えすぎよ！　あの野上さんが？　六十七、八よ、もう。いくら何でも――」

「君に興味持ってる。それは確かだよ」

――水上祥子は二十六歳。音楽大学を出て、今はフリーのヴァイオリニスト。時々、オーケストラのエキストラに出たりしているが、このマンションの家賃を払うのも楽ではない。

沢本要とは二歳違いで、沢本の方が先輩だが、ピアノを専攻した沢本とはよく組んで演奏をした。

ごく自然に恋に落ち、このマンションで同棲《どうせい》するようになったが、何しろ二人とも定職がない。アルバイトで食いつなぐという暮しでは、どっちも故郷の親たちを説得できるわけもなく、一緒に暮している事実は隠していた。

「――夕ご飯の仕度するわね」

と、祥子は立ち上った。「今日、豚肉が安かったんだ」

沢本はチラッと台所に立つ祥子の後ろ姿を見た。

祥子は末っ子でのんびりして、先のことはあまり心配しない。「何とかなるわ」で日を送れるのである。

沢本の方がずっと神経質で、心配性だった。

しかし、祥子がアルバイトといえば何でも弾くのに、沢本の場合はピアニストとしてのプライドが邪魔していた。祥子もそういう沢本の気性をよく知っていて、無理にやらせようとはしなかった。

今、もめていたのは、次の日曜日、野上益一郎の家で、パーティのBGMを二人で弾いてくれと依頼があったせいだ。

前に、ある企業のパーティで二人で弾いたとき、客の一人がじっと祥子のヴァイオリンに、そばまで来て聞き入っていた。それが野上益一郎だと知ったのは、パーティの後、主催者からギャラをもらったとき、

「これはチップだよ」

と、別に三万円手渡され、それを置いて行ったのが野上だと教えられたからだった。

そのときも、沢本は、

「君を妙な目で見てた」

と、腹を立てていたのだ。

そして今日どこで調べたのか、野上がこのマンションへ電話して来て、

「うちのパーティで弾いてほしい」

と頼まれたのである。

沢本が面白く思わないのは分っていたが、このところバイトが途切れて、一晩で十万円という話は、とても断れなかった……。

そう。――本当に日本では真面目に音楽を勉強し、きちんと演奏していこうとする人たちが恵まれない。何もスーパースターになりたいわけでもないし、「伝説の名ピアニスト」になれると思っているわけでなくても、サラリーマン、ＯＬ並みの給料すら手に入らないのである。

しかし、そんなことをいちいち嘆いていても始まらない。——祥子は、沢本と二人でこうして何とかやっていけるだけでも、結構満足していた。

むしろ沢本の方がいつも現状に不服で苛立《いらだ》っていて、それがしばしば二人の間のいさかいの種になっていたのである。

「——野上益一郎の絵って、一枚何億円だそうだぜ」

と、沢本が言った。

「大したもんね」

「僕らも、音楽なんかやらないで絵でも描いてりゃ、今ごろ大豪邸に住めたかもしれないぜ」

「だめだめ」

と、祥子は笑って、「私、絵だけは小学生並みなの。人一人描こうと思っても、全然頭と体と手足のバランスがとれないのよ」

「君はこんなにバランスがいいのに」

と、沢本が立って来て、台所に立つ祥子を後ろから抱きしめる。

「ちょっと——。だめ！　やけどするでしょ！」

と、笑いながら振り離して、「ね、悪いけどワイン一本買ってきてくれない？」

「OK。じゃ、僕が君にプレゼントしよう」

沢本は上機嫌になって、出かけて行く。

祥子はホッと息をついた。――子供のようなところのある人なのだ。ちょっとしたことでコロッと機嫌が変る……。

祥子は、今の沢本との暮しを楽しみながらも、この日々がそう長くは続かないかもしれないという気持にもなっていた。

全く……。いつも遅れてくるんだから紀子《のりこ》ったら。

野上信忍は、学校帰りの夕方、友だちと待ち合せたパーラーでブツブツ文句を言っていた。

信忍も相当いい加減なところはあるが、約束の時間にはあまり遅れない。人間、こだわるところというのは人さまざまである。

店は混んでいた。もちろん、ほとんど女の子ばかり。

紀子と待ち合せると、だからたいていいつも信忍が席取りに苦労することになる。そういうことも、いつも待たせる側の人間には分らないのである。

「もう二十分……」

と、ため息をつく。

何となく、目の端で男の客が一人で入って来て、信忍と背中合せの席につくのを見ていた。男一人の客なんて、珍しい。

しかも、ウエイトレスに、

「チョコレートパフェ」

なんて注文している！

よっぽど甘党なんだわ。信忍としては、酒飲みよりも甘党の男性の方がいい、なんて思ってしまう。

もっとも、信忍だって大学生にでもなれば「酒豪」にならないとも限らないけれど……。

「一体、いつになったら来るんだ」

と、ブツクサ言っていると、

「信忍君」

――聞き違え？　それとも空耳かな？

「そのままで」

と、男の声がした。

「え？」

「振り向かないで。振り向くと、僕はこのまま出て行く」

背中合せの椅子にかけた男だ。誰なんだろう？　こっちの名を知っているというのは……。

「僕が分るかい」

「いえ……」

「そうだな。この前は暗い所で会っただけだから」

愉快そうな声である。——待って！　この声、もしかして——。

気配を感じたのか、

「気が付いたね」

「あの……〈チェシャ猫〉さん……でしょ」

「ご名答」

男は楽しげに、「振り向かないで。いいね？」

「ええ……」

振り向きたいという強烈な誘惑と闘いながら、それもまた快感だった。

「この間はありがとう」

と〈チェシャ猫〉は言った。「現金だけいただいて行ったが、君が黙っていてくれたおかげで、盗まれたことさえ気付かなかったらしいよ」

「うち、そういうことっていい加減だから」

「いい習慣だ」

と、泥棒は笑った。「君も怒られずにすんだ？」

「ええ」

「ところで、一つ頼みがあるんだがね」

「――何ですか」

「日曜日、〈アダムとイヴ・コンクール〉がある。知ってるだろ?」

「ええ……。うちのアトリエでやるんだって言ってたけど」

「そう。そこにぜひ僕も招待してもらいたい」

信忍は困惑した。

「招待って……。私が招待するわけじゃないもの」

「もちろん。君は僕を中へ入れてくれるだけでいい」

「どうやって?」

「選考会は夕方六時から。八時には入選作が決って、パーティになる。君はその間、特に役目はないんだろ?」

「面白そうだから、選考とか覗《のぞ》こうと思ってるけど」

「結構。八時に入選作が発表になると、マスコミへの連絡などで騒がしくなるだろう。そのとき、君一人ぐらい、裏口を開けに出ても人目にはつかないと思うよ」

「でも……」

いくら信忍でも、泥棒の手引きをするというのは、ためらわれた。

「お互いのためだ。君も秘密を持っているだろ?」

信忍は詰った。――少し間を置いて、

「人を傷つけたりしない?」

「そのつもりさ。君がうまく手引きしてくれれば、誰もけがをしないですむ」

「何を盗むの?」

「それは内緒だ。君に決して迷惑はかからないよ」

信忍は少し迷ったが、結局、

「いいわ」

と言った。「でも、顔を見せて」

「だめだ。――仕事がすんでからならともかくね」

と〈チェシャ猫〉は言った。「その代り、顔を見たら、君を――」

「殺すの?」

「まさか。そんなもったいないことはしないよ。君の体をいただく」

信忍はカッと頬が燃えた。

「失礼ね! 私は――」

そのとき、友だちの津田《つだ》紀子が店に入ってくるのが見えた。

「ごめん! 途中で忘れ物に気が付いてさ」

言いわけもいつもの通りだ。

「紀子……」

「どうかした？　怒ってる？　ごめんね。でも、本当にさ、今日は忘れ物したんだよ」

いつもは口実だと白状している。

「紀子。私の後ろの席に、男の人、いる？」

「後ろの席？」

紀子はふしぎそうに、「誰もいないよ」

信忍は振り向いた。

空の椅子。そしてテーブルにはいつの間に食べ終えたのか、チョコレートパフェの器が空になって置かれていた。

「あれ、お父さん、どうしてそこに座ってるの？」

と、久美子は言った。

「いいから」

有貴子は、久美子の言葉にかぶせるように、「早く座って。冷めない内に食べてね」

「うん……」

久美子は首をかしげながら椅子を引いて座ると、ああ、と肯《うなず》いた。

でも、もちろん口には出てない。

「——あなた、おかわりは?」

すぐには返事がなかった。

「——うん? ああ……。そうだな」

「無理に食べないでね」

「いや、おいしいよ。もう一杯もらおう」

と、塚田は茶碗《ちゃわん》を妻へ渡した。

久美子はそっと目を時計の方へやった。

——八時十五分。

塚田家にしては遅い夕食だ。母の有貴子が、急に入った雑誌のさし絵の仕事をやりに出かけていたのである。

急いで帰って来て、夕食の仕度。

塚田は一日、家で美術雑誌などをめくっていて、落ちつかない様子だった。久美子が帰宅したときも、この狭いアパートで、まるで気付かないのだから!

それも当然ではあった。今日、〈アダムとイヴ・コンクール〉の選考があって、その結果が八時過ぎに知らされることになっていたからである。

最終選考ではない。しかし、最終選考に残す五、六点まで絞り込む選考で、事実上この段階でほとんどの作品が落ちていくのだった。

塚田が、有貴子と久美子をモデルにして描いた〈二人のイヴたち〉は、一次、二次と予選を通って来ていた。塚田の中に「もしかしたら」という思いがあるのは——いや、誰でもそう思って当然である。

八時過ぎ。——塚田は、時計を見るのがいやで、わざといつもと違う向きにテーブルについていたのだ。

久美子は、胸が痛くなった。——塚田は実の父ではないが、それだけに人柄の良さを久美子は公平に認めることができた。

真面目に仕事をし、才能もあると思うのだが、うまく立ち回ったり、売り込んだりすることの何より苦手な塚田。

久美子は、何とか塚田に日の当る時が来てほしいと思った。名声とか、お金とかが大切なのではない。人に認められること、それが何より父にとって嬉《うれ》しいに違いないと分っていた……。

久美子は、わざと楽しげに学校での出来事や友だちのことを話していた。それでも目はつい時計へと向く。

八時半。——八時四十分。

「ごちそうさま」

と、久美子は箸《はし》を置いた。「ね、コーヒー飲みたいな、私」

「よし」

と、塚田が言った。「父さんがおいしいのをいれてやる」

塚田はちょっと笑って、

「気をつかわせてすまん」

と言った。「もう諦《あきら》めがついた。――いや、人間なかなか現実を見つめるってことは難しい」

「あなた……」

「三百点も出品された中で、ともかく二十点ほどの中に残るところまで行った。俺は満足だよ」

と、塚田は屈託のない笑顔を見せた。

「また、機会があるよね」

と、久美子は言った。

「私のお腹の出具合を、お友だちに見られなくて良かった」

有貴子の言葉に、久美子と塚田は大笑いした。

「コーヒー豆はあるか？　もう古いんじゃないか。よし、ちょっとそこまで行って買って来よう」

と、塚田は席を立った。

「じゃ、あなた、一万円札をくずして来てくれる?」

「ああ、分った」

有貴子が財布から一万円札を出して渡すと、塚田は薄手のブルゾンをつかんで玄関へ行った。

久美子がテーブルの上を片付け始めたとき、電話が鳴り出した。

一瞬、三人とも動きが止った。

「――きっとお前の友だちだろ」

と、塚田が言った。「出てみろ」

「うん! でもお父さん、待ってて」

久美子は電話へと駆けつけた。「――はい、塚田です」

久美子の頬に赤みがさす。

「お待ち下さい。――お父さん、電話」

塚田が一旦はいた靴を脱いで上って来る。

「――お待たせしました。塚田です。――あ、いえ。――はあ。――はあ、そうですか。――はあ、分りました。どうも」

塚田はゆっくりと受話器を戻し、スッと立って玄関へ行くと、振り向いて、

「やったぞ」

と言った。「最終候補の五点に残った」

久美子が飛び上った。

「やった！」

「ああ……。日曜日に、最終選考だ。野上益一郎の自宅のアトリエで」

塚田はやっと笑顔を見せた。「お前たちのおかげだ」

「あなた。——おめでとう」

と、有貴子が言った。

「うん、まあ……。こんなもんだ」

と、塚田は言って自分で照れている。「じゃ、コーヒー豆を買ってくる」

そそくさと出て行く塚田を見送って、

「良かったね！」

と、久美子は言った。

「——そうね」

有貴子には、どこか手放しで喜んでいない気配があった。「さ、片付けましょ」

ドアが開いて、塚田が顔を出し、

「忘れてた。当日、会場へ招待されてる」

「あら。じゃ、何を着て行く？」

「何でもいいさ。それより、絵のモデルさん方もぜひどうぞ、と係の人が言ってた」

「じゃ、私も？」

と、久美子が目を輝かせる。

「そんな……。おかしいわよ。遠慮しましょう」

「行こうよ！　お父さんのが入選になるかもしれないんだよ！」

「でも……」

有貴子はためらっていたが、「──そうね、じゃ、行ってもいいわ」

「何を着てくか、考えとけよ」

と、塚田は笑って、ドアを閉めた。

久美子は早くも、頭の中で服装をコーディネートしている様子。

しかし、有貴子は何か考え込んでいる風で、黙って流しに向っているのだった。

5　背信

「どうしたの？」

と、樋口江利子は訊《き》いた。

「――何か？」

「分るわよ。もう五年も付合って来てるんだから」

と、江利子は笑って、「また都合が悪くなったのね？　先生のご用で。そうなんでしょ？」

内心、面白くはなかったが、江利子としては戸並に怒ってみたところで仕方ないと分っていた。

何といっても、戸並は野上に雇われている身で、逆らえばクビ――いや、それだけではすまない。画家としての未来も失うかもしれないのだった。

それを承知で、無理を言う野上のことが、江利子には許せなかった。しかし、そう口には出せない。

「――まあ、そうなんだけど」

と、戸並は言った。「でも、そう時間はかからない」

「そうなの？　じゃ、レストランの予約時間を変えてもらう？」

戸並と樋口江利子は、都心のホテルのラウンジで待ち合せ、このホテルの最上階のレストランで食事することになっていた。

「いや……。それでもいいんだけど」

と、戸並は何となく目をそらして、「どうせなら、部屋でルームサービスを取るっていうのはどうかな」

江利子は、ちょっとポカンとしていたが、

「部屋って……」

「このホテルの。——さっきチェックインしといたんだ」

戸並がルームキーをポケットから出してテーブルに置く。——江利子は呆気《あっけ》に取られたが、

「急に泊るなんて言われても……。うちはまずいわ。そう分ってれば、誰か友だちに頼んでアリバイを作っといてもらうんだったのに」

「ごめんよ。ともかく、先の予定が——」

「ええ、いいの。あなたに文句言ってるわけじゃないのよ」

と、急いで言った。「じゃあ……終電で帰れるようにしましょ。もったいないけど、部

屋は。あなた、泊って行けば？　こういうホテルじゃ、〈ご休憩〉ってわけにはいかないんだから」

正直、誘ってくれたことは嬉しい。戸並が野上の下で働くようになってから、ほとんどそんな時間は取れなかった。

「うん。——じゃ、そうしよう」

と、戸並はホッとした様子で、「今から……一時間したら部屋へ行けると思う。君、何か食べるものを頼んで、待っててくれ」

「はいはい」

と、江利子はコーヒーをゆっくり飲んで、

「じゃ、もう行ったら？　早く仕事を片付けて来て」

「そうするよ」

戸並は腰を上げると、「ここの伝票も、その部屋へつけといて。じゃあ」

「待ってるわよ」

江利子は、戸並が忙《せわ》しげにラウンジを出て行くのを見送った。

ホッと息をつく。——そうならそうと言ってくれれば……。

突然、泊ろうと言われても、女には色々仕度というものがあるのだ。

でも——まあいい。せっかく戸並がいつも約束を破っている埋合せをしようとしているのだ。そこに水をさすことはやめよう。

一時間後。――今すぐ部屋へ行っても早すぎるだろう。

江利子は、コーヒーの残りをゆっくりと味わうことにした。

巨匠は、ゆっくりと肯《うなず》いて、

「いや、あれは大変に志の高いお作です」

と言った。

「はあ……」

「我々プロは、技術は持っていても、これまでの伝統というものに縛られてしまいます。アマチュアの方々は、プロにないユニークな発想をなさる。それでいいのです！　それでこそアマチュアの価値があるというものです」

野上益一郎はそう言って、手の中のグラスを軽く揺った。

「誠にどうも……。過分なお言葉で」

栗原は感動のあまりカーペットに膝《ひざ》をついて、野上の手にキスでもしかねない様子だった。

「いやいや、私は正直な男です」

と、野上は続けた。「はっきり申し上げて、あの〈クビになったアダムとイヴ〉には、技術的に足りない点もある。しかし、現代を見据えるあなたの真剣な眼差《まなざ》しが、それを補って余りあるものにしているのです」

「ニャー」

と、ホームズが鳴いた。

——ホテルのバーの一画。

野上と栗原に加えて、片山たちも同席していた。

野上の方の用件は日曜日の最終選考会のこと。〈チェシャ猫〉のFAXの一件があって、ぜひ片山たちに来てほしいということなのである。

当然、栗原の絵を持ち上げているのも、片山たちをパーティに出席させるため。

だが、片山には、野上の言葉は要するに、

「発想は面白いが、下手だ」

と言っているようにしか聞こえなかった。

「では、ぜひ日曜日にはお揃いでおいでいただきたい」

「必ず伺います!」

栗原、アッサリ承知してしまった。

片山はため息をついた。どうせ〈時間外手当〉は出ないのだ。石津を連れて行って、せいぜいパーティの料理を空っぽにさせてしまおう。

「先生」

と、声がした。「やあ、片山」

戸並が立っていたのである。

「用件はすんだのか」

と、野上が訊く。

「はい。終りました」

「そうか。では——日曜日のことで、何か打ち合せることがあればやっておけ」

野上は立ち上って、「では、申しわけありませんが、次の予定が入っておりますので」

軽く片山たちにも会釈して、野上はバーから出て行った。

「戸並、お前はいいのか、一緒に行かなくて」

と、片山が言った。

「うん……。それで、来てもらえるのか、日曜日」

「必ず伺いますわ」

と言ったのは晴美である。

「歴史的瞬間に立ち会えるのだからな。幸せというものだ」

と、栗原は感激の余韻で大分オーバーなことを言っている。

「事前に、招待者のリストをＦＡＸで送っておくよ」

と、戸並は言った。「本当に〈チェシャ猫〉って奴が現われるのかな」

「当日、部外の人間はいるのか？」

「マスコミがね。むろんアトリエへは入れない。あそこは滅多《めつた》に人を入れないんだ」

「すると、どこかで待機してるわけか」

「どこで待たせるか、考えてるんだけどね。ともかく、TV局とか新聞何社かは来るはずだ」

「そのリストもいるな」

と、片山はメモを取った。「アトリエには、審査員だけ？」

「決るまではね。その後、候補作の作者とモデルを招《よ》んである。モデルまで招ぶのが先生らしいところさ」

と、戸並は笑った。

「アトリエでパーティがあるのか？　そんなに広いのか」

「広いよ。ちょっとしたマンションより広いくらいだ。それに当日はかなりきれいに片付けてるしね」

戸並は、ちょっと微笑んで、「好子さんも、やっとアトリエに入れる」

「好子さん？」

「奥さんだよ、先生の。三人めの奥さんだ。もちろん、女はいくらもいたがね」

「あの娘さん——信忍さんっていったっけ？　あの子の母親か」

「そう。結婚したときにはもうあの子が生れてたらしいがね。僕も詳しいことは知らないんだ」

それから、細かい連絡先などを教え合って、片山たちはバーを出た。

「ではよろしく」

と、戸並が会釈して行ってしまうと、

「しまった！」

と、片山が言った。

「何か忘れたの？」

「うん。——食べるものが出るかどうか、訊《き》くのを忘れた」

石津にとっては、それが一番の問題であろう。

「志が高い、か……。うん、いい言葉だ」

栗原はまだ感動している。

「ニャー……」

ホームズがため息（？）をついた。

江利子は、ルームサービスが届くと、伝票にサインをして、

待っていたのである。

あまり早く取っては、戸並が来るころには冷めてしまうだろうと思って、頼むのを少し

と微笑んだ。

「ご苦労様」

ワゴンにのった料理をテーブルの上に移していると、ドアをノックする音。

江利子は、

「早いのね！」

と、弾んだ声を出して、ドアへと駆けて行った。

パッとドアを開け、

「あ……。どうも」

と、一歩退く。

野上益一郎が立っていたのである。

「やあ。ちょうど料理も来たところらしい」

野上はさっさと入って来ると、「狭い部屋だ。落ちつかんな」

と見回している。

「あの……戸並さんはどうしたんですか」

と、江利子は訊いた。「戸並さんと待ち合せてるんです」

「おやおや。何も聞いてないのか」

「何のことですか」

「今夜は私が君の相手をつとめさせてもらう」

江利子は啞然《あぜん》として、

「何ですって？――お断りします！　とんでもない！」

と、叩《たた》きつけるように言った。

野上は笑って、

「気丈な子だ。しかし、このことは戸並も承知してるんだよ」

「嘘です」

「そうかな？――ほら電話だ。出てみたまえ」

江利子が電話に出ると、

「江利子……」

「もしもし？　どこにいるの？　今、野上先生がみえて、あなたが承知で私に先生の相手をさせると……」

「そうなんだ」

江利子は青ざめた。

「――何ですって？」

「すまない。君が一晩先生と過してくれたら、僕の絵を世に出してくれることになってるんだ。君に話そうと思ったけど、どうしても言い出せなくて」

江利子は言葉がなかった。——まさか！　まさか……。

突然、後ろから抱きすくめられた。

「やめて！　放して下さい！」

野上はさっさと電話を切ってしまうと、

「君次第で、戸並は画家として認められることになるんだよ」

と、力ずくで江利子をベッドの上に押し倒した。

「そんなこと……。あの人が承知するはずないわ！」

「今の電話を聞いても、そう思うかね？」

江利子は、これが冗談でも何でもないと知った。

あの人が……私を売った……。

逆らう気力が失《う》せた。

「そうそう。おとなしくしていることだ」

野上は、とても六十八歳とは思えない勢いで江利子に迫ると、「——食事の前に一つ運動しようか」

と、江利子にまたがるようにして、上着を脱いだ。

そのとき、部屋の明りが消えて、中は真暗になったのである。

6　救いの神

何が起ったのか、江利子にはよく分らなかった。

ともかく部屋の明りが消えた、ということは分った。だが、戸並が彼女を野上に抱かせようとしたというショックは、江利子を打ちのめしていて、ほとんど何も考えることができなかった。

明りも、野上が消したのかと思っていたのである。――そう。せめて暗い中の方がまだ堪えられるかもしれない。

ところが、

「おい！　どうしたんだ？」

と、野上は苛立《いらだ》った声を上げた。

そして、江利子の上から野上がパッといなくなった。

「ワッ！――よせ！　何だ！」

野上の声が暗がりの中で聞こえ、ドタバタと床をけるような音がした。

江利子は真暗な中、体を起した。

「ウ……ウ……」

何やら呻《うめ》き声が聞こえて、江利子はゾッとした。どうしたんだろう？

すると、暗がりの中、全く違う男の声がした。

「絵の才能と人間性は比例しませんね、画伯！」

「誰？」

と、江利子は言った。

「大丈夫。もう、この人は悪さをしたりしませんよ」

「あなたは……」

「ご心配なく。この天才画家を殺したりはしません。ただ、たまにはお灸《きゅう》をすえることも必要ですからね」

「ウ……」

「ま、しばらく呻いてらっしゃい。お腹を空《す》かすのにいいかもしれない」

と、その男は言って、「そうそう。せっかくだ。記念撮影をしておきましょう」

ガサゴソと音がすると、暗がりの中、パッと青白い閃光《せんこう》がまぶしく光って、江利子は思わず目をそむけた。

しかし、その一瞬でも、野上が丸裸にされて縄でくくり上げられ、床に転がされている姿ははっきりと見てとることができた。

「――野上さん。この写真は大事に保管しておきますよ。そして、あなたがまた悪い病気を起したら、容赦なく世間に公表しますからね」

江利子は立ち上って、

「どなたです？　あなたは誰？」

と、呼びかけた。

「いるような、いないような男ですよ」

と、面白がっている声で、「僕は〈チェシャ猫〉です」

そして、

「野上さん、その縄を解いてほしければ、このお嬢さんに頼むんですね。気が向いたら、解いて下さるかもしれませんよ」

と、ちょっと笑うと、「日曜日に、またお目にかかりましょう」

と、ひと言。一瞬、ドアが開いて、男の姿が廊下の明りに浮かび上ったが、その姿かたちを目に止めるほどもなく、すぐに出て行ってドアを閉めてしまった。〈チェシャ猫〉……。

江利子もその名は知っている。でも、なぜ〈チェシャ猫〉が自分を助けてくれたのだろう？

しばらくぼんやりと突っ立っていた江利子は、

「ウ……ウ……」

という呻き声にハッと我に返り、

「あ、待って下さい！」

と、明りを点《つ》けにドアの方へ行こうとしたが、何やらムギュと踏んづけて、

「グッ！」

と、声がした。

「あ、ごめんなさい。踏んじゃいました？　暗くて見えないもんですから」

考えてみれば、ひどいことをされるところだったのだ。

今になって腹が立って来た江利子は、足で見当をつけて、野上をけってやった。野上が呻く。

「あ、失礼。何も見えないもんですから。——私、どっちへ向いて歩いてんのかしら？

あ、またけとばしちゃった！」

「ウーッ！」

相当唸《うな》っている。

そろそろいいか。

江利子は明りを点けた。そして明るい照明の下、野上の裸は何とも見るに堪えないものだった。

顔を真赤にした野上が必死で手足を動かそうとする。

「じっとして下さい。今、解いてあげます」

と、江利子はかがみ込んで、手首の縄を解こうとしたが、ふと思い出した様子で、

「そうだわ。先生、この縄を解いてあげますからその代り、戸並さんの絵を日曜日の本選のとき、出してあげて下さい」

と言った。

野上がギョッと目をむく。

「もちろん、私にこんなにひどいことして、腹は立ってます。でも、それは私と戸並さんの問題ですものね。先生があの人をあんな風に使うのがいけないんです」

野上の方は何か言い返したそうだが、何しろ格好が格好である。江利子が猿ぐつわだけ外すと、

「早く縄を解け!」

と、喚《わめ》いた。

「お静かに。人が来たらどうするんです？　その格好、見られてもいいんですか？」

「分った。――早く解いてくれ」

「じゃ、戸並さんの絵を」

「あいつが何を描いたっていうんだ？」

「〈アダムとイヴ〉です」

「何だと？」

「描き上げたことは聞いてます。見ていませんけど。——それをマスコミの人にも紹介してあげて下さい」

「そんなことが——」

と言いかけて、野上は破裂するようなクシャミをした。

「あらあら、風邪ひきそうですね」

「分った。——ともかく見てやるから」

「見るだけじゃだめです。他の審査員やマスコミにも見せて下さい」

野上は顔を真赤にして江利子をにらんでいる。江利子は立ち上って、

「じゃ、私、一足お先に失礼します」

「待ってくれ！　おい、置いてかんでくれよ！」

「じゃ、いいですね？」

「——分った」

と、肯《うなず》いた。「約束する」

「結構ですわ。それじゃ」

江利子は、すっかりいい気分になっていて、野上の縄を解いてやった。

「でも、器用な人だわ、〈チェシャ猫〉って。あの真暗な中で、こうやって縛り上げるなんて」

手足は自由になったものの、しびれてすぐには動けず、

「頼む……。服を……。着るものを取ってくれ」

と、喘《あえ》いでいる。

「じゃ、ごゆっくり」

江利子は構わず会釈して、さっさと部屋を出て行った。


江利子は、ホテルのロビーへ下りて行くと、ソファに落ちつかない様子で座っている戸並を見付けた。

きっとこの辺にいるだろうと思っていたのだ。――いくら恋人を先生に抱かせると承知しても、当人はくよくよと悔んでいるに違いない。

江利子がツカツカと真直ぐ直線を引くように歩いて行くと、戸並は気付いてソファから立ち上った。

「君……」

野上に抱かれて来たにしちゃ、いやに早いと思ったに違いない。

「戸並さん」

「え？」

江利子は拳《こぶし》を固めると、エイッと力をこめて戸並の顎《あご》へ叩《たた》きつけた。ガッッとしっかりした手応えがあって、戸並はみごとに大理石の床へひっくり返る。

そばでチェックインを待っていたアメリカ人のツアー客たちが目を丸くして眺めていた。

「——さ、立って」

と、江利子は手を差しのべた。「野上先生とは何もなかったわ」

「君……」

「助けてくれた人がいるの。でも、あなたって、本当にひどい人」

「すまん……」

戸並はやっとこ立ち上ると、うなだれて、「君に何と言われても……。殺されても文句は言えないよ。今、ここにいて、後悔してたんだ」

「後悔するくらいなら、初めからしないこと」

「うん……」

戸並は情なさそうに江利子を見て、「でも——何ともなかったのか。良かった！」

と、息をついた。

「野上先生が風邪ひいたかもしれないわ。お薬買っといた方がいいかもよ」

と言って、江利子がスタスタ歩いて行く。

「待ってくれ！」

と、戸並は追いかけて、「許してくれ！　もう二度とこんなことはしない。先生が認めてくれようがくれまいが、もうそんなこと、どうだっていい！」

「二度とされてたまるもんですか」

と、江利子はひとにらみしておいて、「でも——先生、きっとあなたの〈アダムとイヴ〉を見てくれるわよ」

「え？」

「今日のところは、まだ腹が立ってるから、また電話して」

「いいのかい？　絶交じゃないの？」

江利子は、いきなり戸並を抱き寄せてギュウギュウ唇を押し付けた。

そしてパッと離れると、

「またね」

と行ってしまう。

戸並はポカンとした顔で江利子を見送っていた。

見物していたアメリカ人観光客たちは、日本でも女性は強いのだとしみじみ語り合っていた……。

「奥様」

と、お手伝いの加代に呼ばれて、好子はフッと我に返った。

ボーッとしていた。というより少しウトウトしていたのかもしれない。

「――どうしたの？」

「あの……、今夜は用事がありまして。もう失礼させていただいてよろしいでしょうか？」

「あら、そう。それなら前もって言っといてくれないと」

「今日、参りましたときに申し上げました」

「そうだった？　私、何て言った？」

「それならいいわよ、とおっしゃいました」

そうだっけ。――好子ははっきり思い出せなかった。

「お夜食の仕度はしてございます。ラップをかけて冷蔵庫に入れてありますので、電子レンジで温めていただけば」

「あ、そう。信忍、今夜は遅いって言ってたわね。主人も？」

「先生もまだ……」

「分ったわ。じゃ、もういいから」

「すみません」

加代はそつなく頭を下げて帰って行った。——本当は前もって言ってなんかいなかったのだが、好子のことはちゃんと分っている。

好子は欠伸《あくび》をした。

お金のある暮しって、ツイてない、不幸な女なんだわ……。

さっき見ていた二時間ドラマのヒロインの像が自分にダブって仕方なかった。昼間の古い番組の再放送でも、なぜか同じ女優がそっくりの役をやっていたのだが。

玄関のチャイムが鳴った。——信忍かしら？

インタホンに出ると、小さなTV画面に、意外な顔が映った。

「あ、向井さん……。主人、まだ帰っていませんけど」

「承知しております」

と、いつも通り、無愛想に画商は言った。

「日曜日のために、アトリエの絵を少し預ってくれと先生から言われておりまして」

「あ、そうですか。どうぞ」

と、好子はボタンを押して、門扉を開けた。

——向井は入って来ると、

「お気づかいなく。先生もその内には帰られるでしょう」

と、コートを脱いでソファに置くと、「アトリエにおりますから」

「はあ」

好子も、いちいち腹を立てていても仕方ないと思っていた。「お茶も召し上りませんね？」

アトリエの方へ行きかけた向井が、足を止めた。そして振り向くと、びっくりするようなことを言い出したのである。

「実は忙しくて夕食を食べていないんです。お茶漬の一杯でもいただけますか？」

真夏に雪が降っても、好子はこれほど驚かなかったかもしれない。

「もちろん！　あの——おかずも、電子レンジで温めるばかりになってるんです！　十分もあれば……」

「そりゃありがたい」

と、向井は微笑んだ。

この人も笑うことがあるんだわ、と好子は思った。

「じゃ、こちらでお待ちになって」

ともかく今は何かすることがある、というだけで嬉《うれ》しかったのである。

7　意外な展開

「いや、旨《うま》かった！」

向井はダイニングルームのテーブルを軽く叩いて、「すばらしい味だ。先生はどうして毎晩お宅で召し上らないんですかな」

「そうおっしゃられると……」

好子は頰を染めて、「お茶、どうぞ」

「どうも。――失礼ですが、こんなに家庭的な奥様とは存じませんでした」

好子としては、くすぐったい。何しろ料理はすべてお手伝いの加代が作ってくれたものだ。

でも、せっかくほめてくれているのを、わざわざ否定することもあるまい。

「――先生も罪な方だな。こんなすてきな奥様に寂しい思いをさせて」

「まあ。向井さん、今日はどうなさったんですか？　酔ってらっしゃるの？」

向井はちょっと笑って、

「私のことを歩く電卓ぐらいに思っておられたでしょう」

「いえ、そんな……」

「いや、本当です。私は画家のご家族とは極力親交を持たないことにしているんです。どんな天才も、いつか才能の涸《か》れることがある。それを告げるのは辛《つら》いことです。特に、ご家族のことを考えると、ためらってしまう。――それを考えて、あまり余計な口はきかないのです」

好子はびっくりした。向井など、もっと気楽に商売をしていると思っていたのだ。

「ですが、野上先生は例外だ。あの人は大した人です」

と、向井は肯《うなず》いて、「年老いても、画風が枯れない。立派です」

「私にはよく分りません」

「そうでしょうね。画家としては偉大な方ですが、個人的には――」

と、向井は肩をすくめて、「ろくでなし、です」

好子は一瞬呆気《あっけ》にとられ、それからふき出してしまった。

「――さて、そろそろアトリエに行こう。仕事ですからね」

「ご苦労様です」

と、好子が言って、食器を片付け始めると、向井が振り向いて、

「奥さん、アトリエに入られますか」

と言ったのである。

好子はドキッとして、

「でも――主人から禁じられています」

「なに、もし分ったら、私のせいにすればいい。奥さんにはアトリエへ入る権利がありま
す」

好子の胸がときめいた。

「でも――いいのかしら?」

「じゃ、ご一緒に」

「ええ!」

好子は弾むような足どりで、向井について行った。

アトリエの重い扉を開けて、向井は中へ入った。

「今、明りを……」

向井がどこかのボタンを押すと、ゆっくりと照明が点《つ》いて、驚くほどの広さの空間が目の前にあった。

「――いかがです?」

向井に訊《き》かれて、好子は、

「凄《すご》いわ!」

としか言えなかった。

「今は、〈アダムとイヴ〉の絵を並べるためにスペースが空けてあるので、余計に広く見えるんですよ。でも、日曜日は人がかなり集まりますから、もっとスペースを空けとかないと」

向井は、絵が無造作に立てかけてあるのを見て、「あの何枚かで何千万、何億になる。ふしぎな世界ですよ」

「ええ……」

好子は絵が分るわけではない。しかし、この一種日常から切り離されたような空間に並ぶ絵を見ていると、その値段のことは別にして、何かふしぎな宇宙がここにある、という気持にさせられるのだった。

「──いかがです？」

と、向井に訊かれて、いつの間にかアトリエの奥の方までやって来ていた好子は、

「あら。こんな所まで来ちゃった。大変、主人がもし帰って来たら──」

「大丈夫。今夜はかなり遅いはずです」

向井の口調が、好子を現実へ引き戻した。

「──女？」

「ええ。どの女か知りませんが」

「本当にあの人……。仕方ないのかしら、画家なんて」

「さあ……。奥さんの気持は、大切ですよ」

「ありがとう」

と、好子は微笑んだ。

まさか向井に慰められるとは、思ってもいなかった。

「──あの絵、きれいね」

動揺を隠そうとするように、奥の壁にかけてある小ぶりの一枚の方へ歩み寄る。

少女の絵だ。──誰だろう？　信忍とどこか似てはいるが、別人であるのは確かだった。

不意に、背後から向井が好子を抱きしめた。

好子は、あまりに思いがけない出来事で、びっくりするのを通り越して夢でも見ているのかと思った。

「向井さん──」

抱きすくめられ、唇をふさがれる。──胸のときめきも何もなかった。

こんな……こんなことって……。

本当に？　これって、現実？

アトリエという異次元の空間の中、好子は何だか呆気ないほど簡単に向井の腕の中で力が抜けていき、床へ押し倒されると、

「あの……」

「奥さん――」

「本当に？」

と言ったきり、好子は成り行きに任せてしまった。

本当に……本当だったんだわ。

好子はアトリエの暗い天井を、ぼんやりと見上げていた。


「どうだ？」

と、塚田は不安げである。

「ピッタリ！」

と、久美子は言った。

「そうか？――おかしくないか？　ペンギンみたいだ」

有貴子が笑って、

「自分でそんなこと言ってちゃしようがないじゃないの」

「しかしなあ……」

「こういう所で見てるからよ。会場へ行けば大丈夫。さ、さまになってるって」

久美子が力づけると、

「OK。じゃ、これで行こう」

と、諦《あきら》めて塚田は言った。「俺なら、絶対こんなモデルはクビだ」

塚田はタキシードを着ていたのだ。むろん、生れて初めて。人からの借りものである。

「さ、脱いで、あなた。日曜日までに汚しちゃったら大変よ」

「うん……。このベルトが……窮屈だ」

「カマーベルト。それがあるから、ピシッとなるんじゃない」

と、久美子が言った。「私のドレス姿、どんな風かな」

「ね、あなた……」

と、有貴子がためらいがちに、「私たちはご遠慮した方が……。いくらおいで下さいって言われても、向うはただお世辞のつもりかもしれないし」

「ええ？　だって——」

と、久美子は口を尖《とが》らし、「だって私、もう友だちからドレス借りる約束しちゃったんだよ」

「気が早いのねえ」

「ま、いいじゃないか」

と、塚田が言った。「俺の絵が選ばれるとは思わんが、ともかく人生にもう二度とこんな機会はないかもしれん。久美子にも、モデルになってもらったんだし」

「そうだよ！」

と、久美子が肯《うなず》く。

「じゃあ……あなたと久美子で行って来て。お母さん、着ていくものもないし」

「ところが！」

「何よ、大きな声出して？」

「その友だちに頼んであるの。お母さんの分も」

「まあ……。だって、体に合うかどうかも分らないじゃない」

「ちゃんと服のサイズも確かめた」

「本当にもう……。そういうことばっかり手回しが良くて」

と、有貴子が情ない表情になる。

「——こりゃ久美子の勝ちだな」

と、塚田も笑って、「そう固苦しく考えることはない。な、有貴子」

有貴子は諦めたように息をついて、

「分ったわ」

と肯いた。

「やった！」

久美子が飛び上る。

「ちょっと！　騒がないで。——じゃ、日曜日の何時に行けばいいの？」

いだろう」

「審査が八時には終るってことだから、七時ごろと言われてる。少し早めに着いた方がい

「じゃ、うちを五時半ころに出た方がいいわね。——美容院に昼間の内に行って来ておく

わ」

「そうそう」

と、久美子も楽しげに、「お母さんも少しそういうことしないと。まだまだ若いんだか

らさ」

「親をからかってどうするの」

と、有貴子は苦笑いした。

「私とお母さんのヌードが新聞を飾ったりしたら凄《すご》いなあ!」

「ダイエットしとくんだったわ」

と、有貴子は言った……。

「——ただいま」

信忍は、居間へ入って、当惑した。

「あら、お帰りなさい」

と、母、好子が立ち上って、「インタホン、鳴らした?」

「自分で開けて入った。――今晩は」

と、向井へ会釈する。

「どうも」

「お父さん、まだよ。じき帰ってみえるでしょ」

「うん。――私、シャワー浴びてる」

と、信忍は行きかけて、「あ、帰って来たのかな」

チャイムが鳴っていた。

信忍が手早く出ると、TV画面に、父と戸並の姿が映った。

「お帰り。――戸並さん、一緒だ」

「あら、そう」

信忍は、何となく部屋へ行く気になれず、待っていた。

――意外だった。

母と向井が楽しげに笑い合っている声を、耳にしていたのである。

あんなに向井さんのこと、嫌ってたのに。どうしたんだろ？

「お帰りなさい」

と、好子は野上を出迎えて、「戸並さん、その絵は？」

「あ……。これ、僕の描いたもので」

「あら、そう！　ぜひ拝見したいわ」

「いや、とんでもない！　お見せするほどのものでも――」

と言いかけて、戸並は信忍がいるのに気付き、口をつぐんだ。

「どうも、先生」

向井が立ち上る。「アトリエの方、考えてあります。充分、人数もおさまると思いますが」

「うむ」

野上は難しい顔をしていた。「――戸並」

「はあ」

「向井にも見てもらう。――持って来い」

と、アトリエの方へ行きかける。

戸並が、梱包《こんぽう》した絵を抱えてついて行こうとすると、

「あなた」

と、好子が言った。「私も見たいわ。ここで開けて」

「私も見たい！」

と、信忍も言った。

戸並が信忍を見て、ちょっと心もとなげにため息をついた。

「よし。いいだろう」

と、野上は言った。「戸並。ここで開けてみろ」

「はい……」

「私、手伝う」

と、信忍が駆け寄って、紐《ひも》を解き、包み紙をめくった。

「──〈アダムとイヴ〉です」

と、戸並が絵を床へ立てて、わきへ退いて支えた。

──しばし、言葉がなかった。

少女の裸形が中央で、アダムの方は伸した手先と影で描かれている。

未知の世界へ連れて行かれようとする少女の不安げな表情が、くっきりと暗い背景に浮かび上っていた。

「──こりゃ驚いた」

と、向井が口を開いた。

「──信忍!」

と、好子は啞然《あぜん》として、「これ……」

「モデルは私」

と、信忍は言った。「学校の帰りに、何度か戸並さんの所へ寄ってね。でも、私の方から言ったのよ。モデルになるよ、って」

「そんな、あなた……」

「すてきでしょ？　私、戸並さんの才能、埋れさせるのが残念だった。だから、少しでも力になりたかったの」

「無断で、申しわけありません」

と、戸並がうつむく。

「いいのよ。前もって頼んだら、だめって言われるに決ってんだもん」

「だけど――」

と、好子が言いかけると、

「しかし、いい絵ですよ」

と、向井が言った。「どうです、先生？」

野上は、絵が火でもふくかと思うほど、じっと見つめていたが、

「――悪くない」

と、ポツリと言った。「戸並。よく時間があったな」

「信忍さんがおられる間に頭へ焼きつけておいて、夜中に描きました」

「そうか……」

野上は肯いて、「いい仕上りだ」

「あなた……」

「信忍はもう少し手首が細いぞ」

と、眺めて、「しかし、よく描けてる」

戸並の顔が紅潮した。

「——向井。俺の弟子だから、当然入選させるわけにはいかんが、あの栗原さんの絵と一緒に〈選外出品〉で出そう」

「いいですね」

向井もプロの目になっていた。「いい額をつけましょう」

「頼む。——好子。何か食わせろ」

「はい」

好子があわてて駆けて行く。

「アトリエへ入れとけ」

野上は戸並にそう言って、居間を出て行った。

「やりましたね」

と、向井が信忍へ言った。

「そうよ！　良かったでしょ、戸並さん！」

「何だか……。めまいがする」

戸並がヘナヘナと座り込み、信忍はあわてて絵が倒れないように支えたのだった。

8　用　意

「何だかおかしいね」

と、ピアノの男が言った。

「え？」

水上祥子は訊《き》き返した。

「ほら、何だかぼんやりしてる。伴奏を聞いてないだろ。勝手に弾いてる感じだ」

「あ、ごめんなさい」

と、祥子は謝った。

「いいけどさ。心配になって。何かあったのか？」

ホテルのディナールーム。

祥子は週に二回、ここで弾いている。もちろん、沢本要はこんなバイトなど、絶対にやらないので、ピアノはたいていこの中年のジャズピアニスト。

いつも同じ曲を弾くのだし、ほとんど何も考えなくても弾ける。それに、あくまで食事のBGMとしての音楽なのだから、やたらに熱演をしてもしようがないのである。

三十分弾いて、十五分休み。これを三回くり返して一晩の仕事が終る。食事は出るが、このメインダイニングではなく、下のコーヒーラウンジ。それでも、祥子には気楽でいい。

「一緒に食べる？」

と、ピアニストが訊いてくれる。

「ありがとう。でも、一人で食べたいの」

「分った」

祥子がクラシックのピアニストと同棲《どうせい》していることも知っていて、よく話を聞いてくれる。祥子にはやりやすいパートナーだった。

祥子は同じラウンジでも、ピアニストと離れたコーナーに席を取り、

「カレーとコーヒー」

と、頼んだ。

それ以上高いものを注文すると、差額は自分で出すことになっている。

祥子にも、今夜さっぱり気が入っていないことはよく分っていた。

出てくるとき、沢本要と大ゲンカしたので、めげている。

これで、明日は野上邸でのパーティで弾くのだ。沢本はやるだろうか？

沢本の苛立《いらだ》ちは分る。――自分より後輩のピアニストが、コンクールに入ったり、リサ

イタルを開いたりしているのに、自分は……。

自分の腕前に自信があり、それだけプライドも高い。祥子とて、沢本を世へ送り出してやりたいとは思っている。

だが……今は、その日その日を食べていくだけで手一杯。

「――よろしいか」

と、声をかけられ、反射的に、

「あ、どうぞ」

と言っていたが、こういうホテルで合席というのは珍しい。

座ったのは、野上益一郎だった。

「――奇遇ですな」

「はあ……」

「明日、うちで弾いてくれることになってるね？」

と、野上は言った。

「ええ。――よろしくお願いします」

と、祥子は頭を下げた。

「今夜は何かのパーティかね」

「いえ、ここのレストランで弾いてるんです。今、十五分の休憩で」

「レストランで？　そうか」

野上は肯《うなず》いて、「大変だね」

「私は——どうせ大して才能もないので、いいんですけど、ただ……ピアノの沢本さんの方が——」

「彼氏か」

「え……。まあ、そうです」

と、少し頬を赤らめ、「一緒に暮しています」

「なるほど」

「あの人はいい腕を持ってるんです。でも、機会に恵まれなくて。可哀そうなんです」

野上は、カレーが来て、祥子が食べ始めると、

「誰かスポンサーはいないのかね」

と言った。

「いれば、こうして働いていません」

と、肩をすくめ、「私は今のままでも幸せですけど、あの人は……。こんな暮しを五年も十年も続けてはいけませんから」

「じゃ、私がお金を出そう」

祥子はポカンとして、

「――お金？」

「その沢本という男がリサイタルを開けるように、資金を出そう。その後は当人の努力だが」

祥子は耳を疑った。

「本当ですか？　もし、そうしていただけたら……」

「しかし、私は画家だ。何をどうしたらいいのか分らん。君の方で手配してくれ」

「はい！」

と、力強く肯く。「ホール代が一番かかります。場所と日時を決めて、宣伝のチラシやチケットを作って……。私、やります」

「任せたよ。ホールは、いい所を選びなさい。やる気も、聞きに来る客も違う」

「はい」

「よし。じゃ、明日でも詳しいことは打ち合せよう」

「お願いします。沢本さんにも、明日、お礼を言うように言っておきます」

「それはよそう。私が金を出すことは、彼に黙っていた方がいいんじゃないかね？」

祥子は詰った。――確かに、野上の言う通りである。

「まあ、気に病まんことだ」

と、野上は言って、「さて、もう行く」

立ち上ると、野上は、

「君、一度食事に付合ってくれんか」

「あの……私とですか」

「そうとも。彼氏は抜きでね」

と、笑って、「じゃ、また明晩」

「どうも……」

祥子はしばしぼんやりしていたが、

「あ、時間がない」

と、あわててカレーを食べ始めた。

リサイタル！――沢本にとっては、またとないチャンスである。

しかし、どう言って納得させようか？　お金を出してくれる人はそうざらにいない。

何とかうまい言いわけ（というのも妙だ）を考えるのだ。沢本がそれで世に出るとしたら……。

「そう。――きっとうまく行くわ」

と、祥子は自分へ言い聞かせるように呟《つぶや》いた。

――その夜、祥子のヴァイオリンはやけに元気に鳴って、ピアニストをびっくりさせたのである。

「ついに事件は起きなかった」

と、片山は嘆いた。

「何言ってんの。起きない方がいいじゃないの」

と、晴美は呆れて、「ねえ、石津さん」

「事件には食事がつきません。明日のパーティには食事がつきます。従って、パーティの方がいいです」

石津の論理（？）は明快である。

片山たちのアパート。なぜかいつもの通り、石津が一緒の夕食である。

「ホームズ、食べて」

と、晴美が皿にロールキャベツを取って、

「熱いわよ」

「ニャー」

猫舌のホームズは、皿の前まで来て、しばしおあずけ。

「でも、明日、何か起るの？」

「知るか」

「あの〈チェシャ猫〉って来るかしら、本当に？」

「少なくとも、そのつもりで行かないとな。石津、あんまり食べるなよ」

石津はキョトンとして、

「この後、何かもっと旨いものが出てくるんですか？」

「明日の話だ！」

——電話が鳴って、晴美が出た。

「はい、片山です。——もしもし。——え？」

晴美は片山を手招きした。

「何だ？」

「〈チェシャ猫〉ですって」

片山は目を丸くした。

「——片山です」

「初めまして」

と、ていねいな口調で、「〈チェシャ猫〉といいます」

「どうも」

「明日は楽しみですね。あちらでお目にかかれるかもしれない」

「そうですね」

「お宅には、立派な三毛猫がいらっしゃるそうで」

と、向うが言うと、ホームズが、

「ニャー」

と、高く鳴いた。

「なるほど、いい声だ」

と、向うは笑って、「しかし、こっちも負けていませんよ」

「何か盗むつもりか？」

「むろん。それが商売ですから。では、また明日」

電話が切れる。

「――本物かしら？」

「そうだろう。知っていてもふしぎじゃない。たぶん、野上の家に出入りしている人間を知ってるんだ」

「どうする？　もっと警戒を厳重に――」

「それじゃ現われないだろう。僕らで見る他はない」

片山は、やっとロールキャベツを食べ出したホームズの方へ、「おい、頼むぜ！」

と、声をかける。

ホームズは返事もせず、黙々と食べ始めた。――石津も、今の電話など耳に入っていない様子で、ひたすら食べている。

この二人、意外と似てるのかもしれない、と片山は思った……。

「——別の場所のよう」

と、好子はアトリエの中を見回して言った。

「どうです？」

向井が、ズラリと並んだ候補作を手で示した。「並べ方にも気をつかったんですよ」

「あなたが気をつかう人だってことは、よく分ってるわ」

好子は、向井にキスして言った。

「——危いですよ。お嬢さんはご在宅でしょう」

「大丈夫。ここへ入って来たりはしないわ」

好子は向井の肩にもたれて、「でも、あの子もヌードになったりして！　やっぱり少しずつ大人になっているのね」

「今、おいくつでした？」

「十六よ」

「十六……。いい年代ですな」

「あの子にも手を出してるの？」

「まさか！」

「分らないわ。私とだって、『まさか』じゃなかった？」

「そうですね」

向井は笑って、それから好子を抱きしめて、「外で会えませんか」

「いいわ、もちろん」

「じゃ、次の土曜日に」

「一週間も先？」

「明日は忙しいですからね」

「仕方ないわ」

好子はもう一度キスして、「口紅はつけてないから」

と笑うと、足早に出て行く。

向井は、軽くアトリエの中を見回すと、

「これでよし、と」

肯《うなず》いて、ゆっくりとアトリエを出る。

暗くなったアトリエの中、そっと絵のかげから出て来たのは、お手伝いの加代である。

「──面白い」

と呟くと、「明日も見逃せないわね。録画しときたいわ」

TVドラマ扱いである。

好子が夫にあれこれ不満を持っていることは、加代も知っている。

でも、まさか向井とね……。

戸並も、信忍の裸を描いたりして。——何もなかったのだろうか。

加代の好奇心は大いに燃え上って、

「明日は寝不足だわ」

と、ひとり言を言ったのだった。

9　集合

やはり……、やはり行ってはならない。

塚田有貴子がそう決心したのは、今日になってもう五回めである。

初めは朝起きたとき。――しかし、朝食をとりながら、すっかりはしゃいでいる夫と娘を見ると、有貴子の決心は揺いでしまった……。

その後も、有貴子の心は右へ左へ、揺れ動いた。

そして今また、美容院の帰り道、有貴子は「頭痛がする」とか言って、留守番しようかと、学校をサボる子供みたいな口実を頭の中でくり返していたのである。

有貴子は、野上益一郎を恐れているわけではなかった。かつてひかれ、野上のものになったことは事実だが、それはまだまだ有貴子自身も若かったからだ。

今は、塚田との暮し――久美子と三人の暮しこそ、何よりも大切で、野上がどんなに女をひきつける力をもっているとしても、それを拒むだけの自信はある。

心配は、かつての野上との「あやまち」を夫や久美子に、知られることだった。

といって、もし有貴子抜きで夫と久美子が行ったとしたら、野上が二人に何をどう話すか、見当もつかない。一緒に行って、有貴子が野上の言葉に耳を澄ましていた方がいいかもしれない……。

アパートの近くまで帰ってくると、同じアパートの住人と会って、

「今日は」

と、有貴子は会釈した。

「塚田さん！」

いつも、絵具の匂いがするとか、文句を言ってくる奥さんなので、有貴子は苦手だったのだが、今日は顔を見るなり、

「凄《すご》いわね！　お宅のご主人、きっとただ者じゃないって思ってたのよ。大したもんじゃないの！」

ポンと肩を力任せに叩かれて、有貴子は顔をしかめた。

「あの……」

「頑張ってね！　私が応援したって関係ないかもしれないけど」

「いえ……」

その奥さんは豪快な笑いを残して行ってしまう。――有貴子はわけが分らず、首をかしげながらアパートへ戻って行って……。

思わず足を止める。

アパートの人たちがびっくりするのも無理はない。

お世辞にも立派とは言いかねるアパートの前に、ハイヤーが横づけされていたのだ。運転手は白い手袋をはめて待っている。

有貴子は急ぎ足で部屋へ戻った。

「お母さん！」

久美子が飛び上るようにして、「急いで！　仕度、時間かかるわよ」

「はいはい」

と、有貴子は上って、「――久美子」

「いい髪になったじゃない。ね、後ろのホック、とめて」

と、後ろを向く。「――お母さん？」

「ごめんなさい……。ちょっとびっくりしたのよ。とてもすてき」

「そりゃ分ってる」

と言って、久美子はへへ、と笑った。

「――お父さんは？」

と、娘のドレスを直してやりながら訊《き》く。

「トイレ。さっきから、四回も行ってる。緊張してんだよ」

「当然ね」

と、微笑んで、「ね、久美子。――もし落選しても、お父さんにがっかりした顔を見せないでね」

「うん。分ってる」

久美子は鏡を見て、「――まずまず。借り物にしちゃ、さまになってるね」

「そうね」

「私……お父さんの絵のモデルになれて良かったと思ってる。お父さんのこと、誇りだわ」

有貴子は胸が一杯になって、

「ありがとう……」

と言うのが精一杯だった。

トイレから塚田が出て来た。

「やれやれ、今日は何だか冷えるな」

トイレに何度も行っているのを言いわけしているのだ。有貴子は何くわぬ顔で、

「そうね。外はそろそろ日が暮れて、結構寒いわよ」

と同意しておく。「あなた、あったかいももひきでもはく？」

「タキシードにももひき？　やめてよ、お願いだから！」

と、久美子が悲鳴のような声を上げた。

「これでいい。外で待ってるわけじゃあるまい」

タキシードの塚田は、身も心も（ついでにこわばった顔も）ピンと張りつめたように緊張しているのが見た目にも分る。

「表に車がいたわ」

と、有貴子がさりげなく言った。

「そう、わざわざ知らせに来てくれたの、アパートの人が」

と、久美子は笑って、「運転手さんがうちのことを訊いたらしいのね。それで逆に『何のご用で？』ってみんなが運転手さん取り囲んで。――それですっかり知れ渡っちゃった」

有貴子は、このとき初めて覚悟を決めた。行かなければならない。

「――じゃ、お母さんの仕度」

と、久美子に促され、

「はいはい」

と、セーターやスカートを脱ぐ。

「有貴子」

と、塚田が言った。「今日、三件も電話があったぞ」

「え？」

「雑誌の表紙の絵とか、連載小説のさし絵まで。候補に残っただけで大したもんだな」

「まあ。――それで？」

「返事は待ってもらった」

と、塚田は妻を眺めながら、「貧乏暮しのことを考えりゃ、飛びつきたいような話だ。しかし、選考の結果次第で、俺は自分が何をやりたいか、改めて考えたい。――相談もしなくてすまん。落ちたら二度とそんな依頼は来ないかもしれないのにな」

「あなた……。いいじゃないの。あなたの絵よ。あなたが決めるべきだわ」

「うん……。そう言ってくれると――」

「ここまで貧乏して来たら、一年や二年、同じだ！」

と、久美子が言ったので、有貴子はふき出してしまった。

――二十分ほどで、有貴子の身仕度も終った。

「お母さん、きれいだよ」

久美子が少し離れて眺め、ホッと息をつく。

「何言ってるの！」

「本当。ね、お父さん？　惚《ほ》れ直したでしょ」

「俺はずっと惚れてる」

塚田はタキシードの上着をハンガーから外して着ると、「さ、行こう」

と言った。

玄関を開け、久美子が、そして塚田が出て、有貴子が最後に鍵《かぎ》をかける。

三人が表へ出て行くと、何とアパートの人が十人近くも立っていた。

「塚田さん！　頑張って！」

「一等だよ、絶対！」

「相手をやっつけろよ！」

なんて、一体何をしに行くと思っているんだか……。

ともかく、

「ありがとうございます。行って参ります」

と、有貴子が挨拶《あいさつ》をして、ハイヤーへ乗り込む。

久美子が助手席に座って、ドアが閉ると、誰がやり出したのか、

「万歳！──万歳！」

と、みんなが声を合せて、三人は冷汗をかいた。

ハイヤーが静かに走り出すと、三人は一様に息をついて、

「──参ったな！」

「でも、喜んで下さってるのよ」

「ああ、しかし……」

「一等になったら、何かおごらなきゃすまないよ」

　久美子は至って現実的な心配をしていたのである。


「江利子さん」

　と、呼ばれて、樋口江利子はびっくりして顔を上げた。

「あら、野上先生の――」

「『先生の』なんて名前じゃないわ。私、ちゃんと信忍って名があるのよ」

　と、江利子の向いの席に座り、「私、ココア。あったかいの」

　と、オーダーした。

「どうしてここへ？」

「戸並さんに頼まれて」

「まあ」

「でも、今日は勘弁してあげて。これから本選が始まって、あの人、凄《すご》く大変なの、その準備で」

　信忍はそう言って、「〈信忍〉なんてねえ……。一体いつごろの人？　江戸時代？　明治？　大正？――って感じよね」

　江利子はつい笑って、

「でも、古風だけどとても響きのいい名前だわ。私、好きですよ」

「私のことも好きって言ってくれると嬉《うれ》しいけど」

「──どうしてそんなことを？」

「だって、恋敵だもの」

江利子が呆気《あっけ》に取られて信忍を見る。

「そんな……」

「でもね、無理なんだ。私、今、十六で、戸並さん三十二。ちょうど倍だものね。私、戸並さんはあなたに譲るわ」

「恐れ入ります」

「でも、その代り、許してもらわなきゃ」

「何を？」

「私があの人に裸を見せたこと」

江利子がギョッとしたが、すぐに、

「ああ！　じゃ、あなたをモデルに？」

「そう。──今日のね、本選で特別出品されて紹介されるのよ」

「聞いたわ。戸並さん、大喜びだった。私、良かったと思って……。先生がよく黙ってられますね」

「人のこと、とやかく言えた柄じゃない」

江利子はふき出してしまった。

「――確かにね」

「戸並さん、でも気にしてたの、描くときにね」

「それはそうでしょうね」

「違うの。お父さんのことじゃなくて、江利子さんのこと。――江利子さんにも頼まなかったのに、って。頼むのなら、まず江利子さんにモデルになってもらうべきだった、って」

江利子は、この十六歳の少女の内に、すでに「女の心理」を読むすべを心得た「恋を知る者」のやさしさを見て、心打たれた。

「――あの人がそう言ったんですか。そうですか」

江利子は肯《うなず》いて、「その絵を拝見したいわ、ぜひ」

「そう言うと思ってね。――それで私、ここへ来たの。うちへ一緒に行きましょ」

「お宅へ？　でも今日は色んな人たちが――」

「だからこそ、平気！　これ飲んだら、一緒に出て中へ入っちゃえばいいわ。私となら誰も止めないし、入ったら、台所のお手伝いみたいな顔してれば。美術欄の記者とかも来るけど、お互い顔見知りでしょうからね」

「あら、それなら私向き。お料理とか、得意なのよ」

「決った！」

信忍は、ココアをガブッと飲んで、熱さに目を白黒させたのだった。

「――早く着いたわね」

と、水上祥子はヴァイオリンケースを持ちかえて、腕時計を見た。「でも、二十分くらいだから。入れてくれるわよ」

「ああ。僕も少しピアノの調子をみたい」

沢本要は屋敷を見上げて、「大したもんだな」

と言った。

祥子は、何だか少し怖かった。――あんなに今日のアルバイトをいやがっていた沢本が、いやに素直について来て、しかも楽しそうにしているのだ。

むろん、それはそれでありがたいことだったが、どうして急に気が変ったのだろう？

「――じゃ、入りましょ」

祥子は、開いた門の中へと入って行った。

――野上益一郎が、沢本のリサイタルの費用を出すと言ってくれたことは、沢本には話していない。だから、今日の演奏で、不愉快な顔でもされたらと、祥子は気が気ではなかったのである。

「――君たち」

と、ガードマンが玄関前に立っていて、声をかけて来た。「何の用？」

「あの、パーティで演奏するんです」

と、祥子は答えた。

「二人とも？　そっちの人は楽器持ってないじゃないか」

「この人、ピアノですから。ここのお宅のを使うんです」

と、急いで祥子は言った。

こんな風に相手に見下したような態度に出られると、沢本はすぐカッとなる。怒って帰ってしまいかねない。

「ふん……。聞いてないけどな、そんな話」

と、ガードマンは二人をジロジロ見ている。

「あの、中の方に訊いて下さい。すぐ分ると思いますけど」

そこへ来客らしい大きな外車が入って来て、ガードマンの注意はそっちへ向いた。

「まあ、いいや。――玄関から入らないで、裏へ回って。勝手口があるから、そこから入りな」

祥子は青ざめた。――これでおしまいだ。沢本がガードマンを殴りつけたっておかしくない。

ところが——。

「じゃ、行こう。裏って、どっちを回るんだ？　何も言ってくんなきゃ分んないな」

と、沢本はアッサリと言ったのである。

祥子は、面食らっていた。

「そう……。一旦《いったん》外へ出た方が早そうね。でも——失礼ね、あの人」

「あんな奴に腹立ててもむださ。さ、行こうよ」

どうしたんだろう？　祥子は、沢本の方をチラッと見て、不安になった。

これって——何だかおかしいわ。

安心と不安が相半ばして、落ちつかない気分だったが、ともかく祥子は沢本と二人、門から出て、高い塀に沿って歩いて行った……。

10 準備

「審査が終ったら、すぐパーティに移るのよ。お料理を一斉に運んで、結果の発表をしている間にテーブルのセッティングをする。——分ってるわね?」

加代は張り切っていた。——いつもは一人でこの広い家の掃除から、いつ帰ってくるか分らない主人の食事の仕度から……。

ともかく目が回るほど忙しいのだ。

それが今日は——臨時雇いではあるが、五人も人を使って、自分は指示を出し、目を光らせていて、何かあれば注意する。

つまり、雇主の気分を少しは味わえるわけである。

「じゃ、各自、担当の通りに、仕度にかかって。——そろそろ審査の先生方がおみえになるわ。お飲物を持って行ってね。マスコミ関係の人たちは、いちいち何を飲むか訊かなくていいから。一箇所にグラスを沢山置いて、好きなものを取ってもらう。足りなくなったら、すぐ足してね」

加代はちょっと息をついて、「私、居間の方を見てくるから、頼むわよ」

と、足早にキッチンを出る。

いつもと違って、今日ばかりは加代もスーツ姿。やや地味ではあるが、目一杯お洒落《しゃれ》している。

居間を覗《のぞ》くと、気の早い選者が二人、ソファでおしゃべりしていた。

「――加代さん、先生方にお飲物ね」

と、戸並が足早にやってくる。「まだ三十分以上あるから、あんまり飲まれると、審査の前に酔っ払っちゃう」

「ソフトドリンクだけにいたしますか」

「うーん……。文句言う人もいるだろうな」

「お任せを。私が、『そう言いつけられております』って、とぼけちゃいますから」

戸並はちょっと笑って、

「じゃ、頼むよ。発表まですんだら、後はもう、どうなってもいい」

「かしこまりました」

と、加代はていねいに言って、「先生は？」

「下のアトリエだろ」

「向井さん、おみえですか」

「ああ。たぶん下で先生と一緒だろ」

「奥様もですか？」

「いや……。奥さん、そういえば見ないな。きっと、お洒落に時間がかかってるのさ。パーティまでは用がないし」

「そうでしょうかしら」

加代の言い方には何となく含むところがあって、

「どうしてそんなことを?」

と、戸並は訊《き》いた。

「いえ、特別な意味は……。じゃ、すぐお飲物を」

加代が一礼して、足早にキッチンへ戻って行くのを、戸並はちょっと首をかしげて見ていた。

「ニャー……」

足下で、おずおずと(?)鳴き声がして、戸並はびっくりした。

「ああ!――もう来てたのか」

片山がホームズと一緒に立っていた。

「やあ。――今、石津が屋敷の外を一回りしてる。セキュリティシステムに何か細工がされてないか見てるんだ」

「ご苦労様。――妹さんは?」

「心配するな。見逃すわけがないよ」

片山は庭を眺められるガラス扉の方へ戸並を促して行くと、「――ゆうべ、〈チェシャ猫〉から電話があった」

と、低い声で言った。

「君の所へ？」

「うん。今日会えるだろう、と笑ってた」

「大胆な奴だな！」

「ま、ちょっと頭のいい犯人なら、ああいうことを楽しむのもふしぎはないよ。絵を盗もうとしても、大きいからな、ともかく。――却《かえ》って警戒厳重にすると混乱する。知らない顔が何人も混るからね」

「うん、分ってる。正直、ガードマンもいらないと思ったんだが、外の方はね、どうしても手薄になるし」

戸並の方を片山はちょっと見て、

「こんなこと言うと申しわけないけどな」

「何だい？」

「絵が盗まれるだけなら、まあいいんだ」

「というと？」

「絵はまた買い戻すこともできる。そうだろ？——いやな予感がする。人が死ぬんじゃないかって」

戸並が目を見開いて、

「まさか！」

「ああ、これだけはただの直感みたいなもんだから、外れてくれりゃ結構なんだが……。何しろ君の『先生』は、敵が多い。そうだろ？」

「まあ、少ないとは言いかねるね」

と、戸並は苦笑した。

「わがままだが才能はある。そういう人間の周囲は、色々、感情のもつれと金が絡んで、ややこしいことになりがちだ」

「それは分るな。——ま、僕だって、長いことこき使われるだけだった。やっと、自分の絵が今日、日の目を見るがね」

「あの信忍って子がモデルだろ？」

戸並がギョッとして、

「どうして知ってるんだ？」

「そこが名探偵さ」

と、片山は声をひそめて言った。

「ニャー」

と、ホームズが面白がっている。

「やあ、晴美が来た」

「――遅くなっちゃった」

「石津に会ったか？」

「うん。電柱の上で」

「電柱？」

「よじ上って、電線を調べてたわよ。感電しなきゃいいけど」

片山はため息をついた。

「――栗原さんは？」

「審査がすむころ来るってさ。一世一代の晴れの舞台だ」

「紋付で来なきゃいいけどね」

「白いタキシードなんかで来られるよりいいさ」

と、片山が言っていると、

「や、いらっしゃい」

と、よく通る声。

野上益一郎が、ジャケットに一応ネクタイをして現われた。向井が静かに後ろに控えている。

野上は、選者の評論家と二言、三言交わしてから、片山たちの方へやって来た。

「——今日、例の〈猫〉は来そうかね」

と、野上はいきなり片山へ訊いた。

「予告して来ました。充分、ご用心を」

「そうか……。君、拳銃《けんじゅう》を持ってるのかね」

片山はちょっと当惑したが、

「一応、持っていますが。何か？」

「いや……。もし、奴が絵を盗もうとしたら、撃つのかね」

「さあ……。足を狙えるくらいの距離ならいいですが」

「ま、絵に穴をあけても困るがね」

野上は、少しはぐらかすように言って、「しかし、ぜひ逃さんようにしてくれよ」

「はあ」

「アトリエを見るかね？」

「お願いします」

「向井。——案内してあげてくれ。戸並、お前はここで先生方を待ってろ」

「承知しています」

「俺は仕度をする」

野上は行きかけて、「——好子を見たか?」

と、戸並の方を振り向く。

「いえ、僕は……」

「そうか。それならいい」

野上は居間を出て行った。

向井について、地階のアトリエへと下りて行きながら、

「何だか様子が変」

と、晴美は言った。

「うん……。〈チェシャ猫〉と何かあったな、きっと」

「ニャー」

と、ホームズも階段を下りながら鳴いた。

「今は選考会のセッティングです」

と、向井が言った。

やや薄暗いが、候補作にはライトが当っている。

五点の〈アダムとイヴ〉である。

「——意外にちゃんと描いてあるんだ」

と、晴美が言った。「変な言い方ですね。私、もっと抽象画が多いのかと思ってた」

「ああ、今は写実的なものが見直されてるんです」

と、向井は言った。「どう頑張ったって、ピカソを超えられやしない。むしろ、オーソドックスに描くことで、大勢の人に分ってもらう、というか……。タッチは様々ですけどね」

片山たちは、もとより絵を見に来たわけではない。

「広いんだなあ」

と、片山はアトリエの奥まで行って、振り返った。

「いつもは先生の描きかけの絵や彫刻が一杯置いてあるんですがね。今日は片付けてあるので余計に広く感じます」

アトリエは大むね長方形で、奥の部分だけが広い円形のスペース。今はそこに丸テーブルとモダンな椅子が置かれていた。

「ここで選考会があります。——あと三十分ほどですね」

「——このドアは？」

と、片山が、小さなドアを見て言った。

「ちょっとした物置です。奥にトイレもあります。描かれるときは、こもり切りになることも多いですから」

片山はドアを開けて中を覗《のぞ》いた。何か香水らしいものが匂った。——片山がちょっと振り返ると、晴美も気付いている様子。

当然、ホームズも鼻をピクピクと動かしていた。

「——アトリエに出入りするのは、今下りて来た階段しかないんです」

と、向井が言った。「ま、人が大勢出入りしてますしね。〈チェシャ猫〉だか〈ドラ猫〉だか知らないけど、怪しい奴が入り込むことなんかできませんよ」

「だといいんですがね」

と、片山は言った。「じゃ、上に行ってようか」

片山は、その小さなドアを閉めようとして——タタッと奥へ入って行くと、トイレのドアを開けた。

「あ——どうも」

中には野上好子がいた。

「どうも」

と、片山は会釈して、向井の方を振り向いた。「向井さん。気を付けて下さい」

「はあ……」

「僕らでも気が付いたんだ。野上さんが気付かないと思いますか」

片山は晴美とホームズを促して、「さ、行こう」

と、アトリエを階段の方へと戻って行った。


「——あら、このケーキ、おいしいじゃない」

と、加代は一口で頬ばれる大きさのプチケーキをつまんで、口へ入れると、言った。

「誰が作ったの？」

「私です」

と、エプロン姿の若い女性は、樋口江利子である。

「いい味だわ」

「ありがとうございます。お菓子作りは好きなので」

「今夜のお客に出すのはもったいないわね」

と、加代が言ったので、みんなが笑った。

「——さ、あと三十分でパーティよ。頑張って」

加代は、人をのせることにかけては自信があった。

「——加代さん」

と、戸並が顔を出す。

「いかがですか？」

「うん、審査の方は今のところ順調。十分遅れぐらいかな」

「分りました。予定時間には出せるようにしておきます」

「よろしく」

「あ、戸並さん、このプチケーキ、とてもおいしいの。一ついかが？」

「ありがとう」

と、手早く口へ放り込み、「うん……。こりゃ旨いや」

「でしょ？　あの人が作ったのよ」

その女性が振り向いてニッコリ笑う。戸並は仰天して言葉もなかったが、なまじ声を出さないので、加代も気付かなかった。

「──そ、それじゃよろしく」

戸並は、やっと我に返って、あわててキッチンを出て行く。

「──さ、私はちょっと手を洗ってくるわ」

加代は息をついて、「ついでに軽くお化粧もしてね。──みんな、料理を作ったら、きちんと手も洗っといてね。運んでいくのに髪振り乱してたんじゃ失礼よ」

はい、とバラバラに返事があり、加代はキッチンを足早に出て行った。

「──おかしいわ」

と、一人が言った。

「どうしたんですか？」

と、江利子が訊《き》く。

「包丁が……」

「包丁？」

「ここに一本、置いといたの、確かに。でも、どこかへ行っちゃった」

「しまったんじゃないですか、誰かが？」

「いいえ、ここは他の人、触れてないと思うのよ。でも……」

と、首をかしげ、「どこへ行っちゃったのかしら？　小型の先の尖《とが》ったやつなんだけど……」

「いくら小型でも、サンドイッチに間違って挟まってるってことはないわよ。大丈夫」

と、誰かが言って、みんなが笑った。

「――そうね。大丈夫ね」

しかし、江利子は何となく気になった。

先の尖った包丁が一本、か……。

江利子は時計を見た。――七時二十分。

今、たぶん〈アダムとイヴ〉の審査はたけなわというところだろう。

11　選　考

誰かがしゃべる。

それに対して誰かが何か言う。

それをまた他の誰かがくり返す。

——議論というものは、水道の蛇口のようなもので、誰かがしめない限り、いつまでも出続けている。

理屈を積み上げて、唯一の結論が引き出される、なんてことはまずない。

たいていの場合、まず先に結論があって、それに理屈をくっつけて行くのである。

戸並は、丸テーブルを囲んだ「先生たち」を、少し離れて眺めながら、そんなことを考えていた。

——こういう選考には、数学のような正しい答えがあるわけではない。五人の審査員の内、二人は評論家、残る三人は画家である。その一人が、野上だった。

五点の作品について、一つずつ議論していく。——ま、たぶん外で結果を待っている人々は、ここでさぞ高尚な芸術論が闘わされていると思っていることだろう。

しかし、現実には、どの絵を見ても、

「ちょっとね……」

としか言わない評論家もいれば、

「いいじゃない」

と、全く同じ口調で言っている画家もいるのである。

ポツリ、ポツリと意見らしきものが出て来たのは、やっとこ十分くらいのもので、それまでは専ら沈黙の時間ばかりが長く続いたのである。

「〈C〉はだめだな、僕は」

と、評論家の一人が言った。

「そうか？　確かに技巧的に問題はあっても、心を打つものがあるよ」

と言い返した画家。

その〈C〉の絵には、さっきさんざんケチをつけたのに。要するに、その評論家が嫌いなので、反対したくなるのである。

選考には常にそういう微妙なかけひきがある。

一人があまり熱心に推すと、たいてい他の面々の反発を食らって、その作品は落ちる。

――だから、審査員は、本当に気に入った作品はあまり手放しではほめないものなのである。

戸並も、野上についてこういう場に何度か同席し、やっとそういう点が見えて来た。

野上は、たいていの場合黙っているが、それは決して審査委員長としてあまり議論に口を出さないという配慮などではない。みんなの意見が出尽くすのを待っている。そして、どう運べば自分の思い通りの結果を出し、しかも他の面々に「無視された」と感じさせずにすむか。その辺をちゃんと見極めているのだ。

そういう点、ひどい奴だとは思うが、さすがに画壇に君臨して来た「巨匠」だけのことはある、と思う。

「――俺は〈C〉でもいいけどな」

と、画家の一人が腕組みしながら言って、テーブルは沈黙した。

来た。――戸並は、野上が動き出すと思った。

ふと議論に疲れ、みんなが黙り込む一瞬がある。そこが野上の出番なのだ。

十秒ほど沈黙があって、野上が咳払《せきばら》い一つせずに、

「結論を出そう」

と言った。

みんながホッと息をつく。――どうでもいいから、早く決めてくれ。誰もが、そう考えている。

「――今の話をまとめると、〈A〉に関しては、技巧に他人の真似の気配が強い、という

こと。〈B〉はバランスはいいが、新しさ、インパクトがない、ということ。〈C〉。これは論議が盛んに出た。少なくとも検討に値すると思う。〈D〉は、あまり否定すべき点は見当らない。だが、逆に言うと、積極的に推したいという点もない。〈E〉は少し粗削りで、もう少し精進してほしい。まだ若いし。——こんなところかな?」

誰も反対しない。野上の言うことは、いちいち当っている。

しかし、「インパクトはないが、バランスがいい」と言うのと、「バランスはいいがインパクトがない」と言うのとでは、聞いた印象は大きく違う。

野上はそういう点の心理を、実によく読んでいた。

「どうかな、まず〈A〉と〈E〉は落とすということで」

みんなが互いの顔を窺《うかが》いながら、小さく肯《うなず》いた。場合によっては、

「肯いたんじゃない、腕時計を見ただけだ」

と言いわけできる程度に。

「——お飲物はいかがですか」

と、すすめる声に、久美子はフッと目を開けて、

「すみません……」

と、ジュースのグラスを取った。

居間の中は、初めの内こそ集まった候補の画家とモデルたちで華やかな雰囲気があり、画家同士、話もしていたのだが、時間がたつにつれて、みんな無口になり、今は咳払いの音一つ聞こえなかった。

久美子は、父と母がソファで寄り添って、時折母の手がそっと父の腕に触れるのを、居間の戸口辺りから眺めていた。

——息苦しい。

お願い。お願い。早く決って。

お父さんが、どうか入選に決りますように！——久美子は必死で祈っていた。

久美子は、息苦しさに堪えきれなくなって、居間の戸口からそっと静かに廊下へと滑り出た。

広い屋敷で、久美子たちのアパートなんか、たぶんここの玄関ホールくらいしかあるまい。

凄《すご》いなあ……。

玄関の方から少しざわざわと話し声が聞こえてくるのは、マスコミの人たちが客間の辺りで結果の発表を待っているからだ。

そっちへは行きたくない。ともかく、今は人のいない所へ行きたかった。

廊下を反対の方へ辿《たど》ると、二手に分れ、一方はキッチンで、人が出入りしている。

もう一方は少し薄暗くなっていて、たぶん物置とか納戸とか……。そんな風だった。

すると――。

「ニャー……」

びっくりして足下を見ると、三毛猫が一匹、じっと久美子の方を見上げている。

久美子はホッとしてしゃがみ込むと、

「どこから来たの？」

と、声をかけた。「きれいだなあ……。うちも猫が飼えるくらい広い所だといいんだけどね……。触ってもいい？」

ひっかかれないかな。――少しこわごわだったが、手をのばしてそのつややかな毛並に触れると、猫はじっと身動きをせずにいた。

可愛い、とは思ったが、じっと見ていると何となく……妙な気がした。

猫は、変な言い方だが、「大人の目」をしていた。何もかも分っている、と言いたげに、久美子を見上げていたのだ。

でも――そんなの、気のせいだよね。

あんたはただの猫で、私がどんなに今、切実にお父さんのために祈ってるか、分るわけがないんだものね。

「ニャー……」

猫は、ふと廊下の奥の方へ目をやって、鳴いた。

久美子は、猫が、

「ご覧よ」

と言ったような気がした。

むろん、「気がした」だけだ。そんなこと、猫が言うわけないもの……。

そして、猫の見る方向へ目をやった久美子は——そこに自分が立っているのを見た。

我知らず立ち上っていた。

薄暗い廊下に、フワリと浮かんだその少女は、白っぽいドレスも久美子と似ていて、しかし同じではなかった。

鏡に映っているのではない。——その少女は確かにそこに立っていた。実体のある一人の女の子。

たぶん……同じくらいの年齢。

「——あなた、誰?」

久美子が、ほとんど無意識にそう訊《き》いていた。

「——私、ここの娘よ」

少女は、ゆっくりと進んで来た。「野上信忍」

「しのぶ?」

「〈信じる〉と〈忍耐〉の〈忍〉と書くの。古くさい名前でしょ。自分じゃ、そう嫌いでもないけど」

「野上益一郎さんの……？」

「娘よ。孫くらいでもいい年齢だけどね」

と、信忍は笑って、「私、十六」

「同じだ。――塚田久美子よ」

信忍は、チラッと居間の方へ目をやって、

「〈アダムとイヴ〉のコンクール？」

「ええ。父が――本当の父じゃないんだけど、母の再婚相手が、最終候補になってるの」

「そうか。――もしかして、〈二人のイヴたち〉の娘の方が――」

「見たの？」

と、久美子は少し赤くなった。

「それで、どこかで見たことあると思ったんだ！　あの絵、凄く良かった」

「本当？」

久美子は嬉《うれ》しくなった。

近くで見ると、野上信忍は確かに似たところはあるが、ずいぶん違う顔立ちをしていた。

でも、初めて見たときハッとするくらい似ていると思ったことは、心から去らなかった。

「——もうじき結果が出るわ」

と、信忍が言った。

「居間の中、みんな息もそっとしてるくらいなの。苦しくて、出て来ちゃった」

「分る。——いやだよね」

「ここまで残れただけでもいいって、父は言ってるけど。でも、やっぱり入選したいんだよね」

「当然でしょ。そうなるといいね」

「ありがとう。——パーティに出るの？」

「うん。でもその前に仕事があって」

と、信忍が言ったとき、

「——久美子？　そこなの？」

「お母さんだ。——ごめん。ここにいる」

「どこへ行ったかと思った——」

有貴子が、信忍のことを見て、足を止めた。

「お母さん。野上先生の娘さん。信忍さんっていうんだよ。同じ十六で」

「まあ……。どうも」

有貴子は、青ざめていた。「——戻りましょ。お父さんが心配してるわ」

「子供じゃないのに」

と、口を尖《とが》らし、「じゃ、後で」

「うん、後でね」

信忍は手を上げて、廊下の奥へ足早に姿を消した。

「——お母さん」

「え？——何？」

有貴子がふっと我に返る。

「今の子、私と似てたね」

有貴子は、廊下の奥、もう何も見えない薄暗がりへ目をやって、

「そう……。そうだった？」

と、呟くように言った。「よく見なかったわ、お母さん」

嘘だ。お母さんも同じことを感じて、びっくりしたのだ。

久美子は混乱していた。——これはどういうことなんだろう？

「——さ、戻りましょ」

と、有貴子が言った。

久美子は、あ、そうだ。あの猫——。

と、辺りを見回したが、三毛猫の姿はどこにもなかった。

そのとき、居間の方がざわついた。

「――異状ありません」

と、石津が言った。「強いて言えば、お腹の方が……」

「もう少し待てよ」

と、片山は言った。

「お兄さん！」

晴美が、玄関ホールへ顔を出した。「発表よ！」

「行こう」

――片山たちが居間へ行くと、記者たちがゾロゾロとアトリエへの階段を下りて行くところだった。

「石津、アトリエの出入口にいろ」

「はい」

片山と晴美が階段を下りて行くと、野上の前に記者とカメラマンが集まっている。

「――多数の力作が寄せられて、大変嬉しく思っています」

と、野上は紋切型の口調で、「この五点は、どれも独自の魅力を持つものばかりです。しかし、我々審査員は充分な討議の結果、入選作を決定しました」

片山は、壁ぎわに並んだ五人の男たちへ目をやった。

みんな青ざめ、表情をこわばらせている。

「候補を二点に絞ったところで、大変に困難な選択に直面したのです……」

片山は肩をつつかれ、振り向くと、栗原が立っていた。

「やっと間に合ったぞ」

と、栗原が小声で言った。

「はあ……」

片山は引きつったような笑顔を見せて肯《うなず》いた。

栗原は――白いタキシード姿だった。

「――入選一点、準入選一点ということで、納得しました」

と、野上は言った。「入選は――」

メモを見る間が、永遠のように長い。

「塚田貞夫《さだお》氏の〈二人のイヴたち〉です」

――一気に空気が緩んだ。

準入選の名も発表されたが、片山の耳には入らなかった。

一人の少女が、片山にぶつかるようにして人々の後ろへ姿を隠すと、声を殺して泣き出したからだ。

「ニャー……」

「何だ、お前、どこにいたんだ?」

片山は、ホームズが足下にいるのを見て言った。

拍手が起った。——画家が、自分の作品の横に立って、顔を上気させ、初めて笑顔になったのである。

12　パーティ

「おめでとう！」

と、まるで顔も知らない男が握手を求めてくる。

「ありがとう」

と、塚田貞夫は言った。

今夜何百回めの「ありがとう」になるだろうか。もうさすがに塚田もくたびれて、「テープに入れて、再生ボタンを押すだけにしようか」と、娘の久美子に冗談を言ったくらいだ。

「あんたには才能があると思っていたんだ！　いや、大したもんだ！」

「どうも……」

そう言われてもね。——全く無名だった塚田のことを、どうやって「才能がある」と認めていたのやら……。

しかし、そんなことも今は気にならなかった。——そうだ。このパーティは俺のためのものなのだ！

「お父さん」

久美子が上気した顔でやってくる。

「何だ、酒でも飲んだのか？　赤い顔してるぞ」

「違うわよ！　だって、みんなあの絵のわきに私のこと立たせて写真とろうとするんだもの！　恥ずかしくって」

と言いながら、そこへまた、

「K新聞の者ですが」

と、カメラマンがやって来て、「親子で一枚！」

パッとストロボが光ると、

「もう一枚、すみませんが絵のそばで」

「ああ、いいですよ」

「いや、こちらのお嬢さんに……」

「お父さんとでなきゃ、だめです！」

と、久美子が主張したが、塚田は笑って、

「一緒にとっても、俺だけカットされたら同じだ。行って来い」

と、久美子の肩を叩《たた》いた。

「もう……」

口を尖《とが》らしつつ、久美子は結構嬉しそうである。

——アトリエの中は、人で溢《あふ》れんばかりで、さすがに少し狭く感じられた。

「あなた」

と、有貴子が人をかき分けてやって来る。

「何だ、どこにいた？」

「だって——恥ずかしいんですもの、あの絵のそばにいると」

「少し食べろよ。帰ってから腹が空《す》くぞ」

「いいわよ。ゆっくりおそばでもゆでてお祝いしましょ」

「苦労かけたな」

「やめて、こんな所で」

と、有貴子は苦笑した。

「これからが大変だ。——地道にやっていくよ」

「ええ、それがあなたらしくていいわ」

と、有貴子が肯いた。

パーティはにぎやかだった。

落選した候補者も、一旦決ってしまえば気が楽になるのか、気軽に塚田に声をかけて来た。モデルになった女性たちがいるので、パーティも華やかである。

「――皆さん」

と、マイクを通した声が、アトリエに響き渡った。「皆さん、ちょっとお耳を拝借」

野上が、マイクを持っていた。

むろん、アトリエの中はたちまち静かになる。

「今夜は、〈アダムとイヴ・コンクール〉に特別参加された作品をいくつかご紹介したいと思います」

ガラガラと音がして、布をかけた絵が何点か、台車にのせられてパーティの中央へ押し出されて来た。

「絵を描く趣味の方は、近ごろ大変ふえています。これは喜ばしいことで……」

野上の話を聞いて、アトリエから逃げ出したくなっているのは、片山だけだったろう。

「――お兄さん、逃げちゃだめ」

と、晴美がちゃんと分っていて、兄の腕をつかまえる。

「おい……。俺は捜査一課長が恥をかく瞬間を見たくないんだ。武士の情だ」

「オーバーね」

「ニャー」

ホームズが、片山の足下で鳴いた。

「お前も見たくないだろ？」

と、片山はホームズに同意を求めた。

パーティが始まって四十分ほどたっている。今のところ〈チェシャ猫〉の現われる気配はなかった。

しかし、野上の方も考えたもので、何人かのタレントや歌手の描いた〈アダムとイヴ〉をまず何点か紹介した。

なかなか玄人はだしの作もあるし、子供のいたずら描きかというのもあったりして、会場は和やかな空気になった。

「——次は異色の画伯をご紹介しましょう。泣く子も黙る、警視庁は捜査一課長、栗原氏の〈アダムとイヴ〉です」

ほう、という声が上る。——絵に対してではなく、捜査一課長が絵を描いた、ということに感心しているのである。

「現代を見つめ続ける栗原氏の眼差《まなざ》しは、さすがに一味違うものがあります。——布を外して」

と、野上が指示する。「ご覧の通り、この絵のアダムとイヴは、現代のサラリーマン、OLの象徴なのです。『失楽園』は聖書の中の話ではない。この現代社会こそ、失楽園であると、氏は主張しているのです」

絵を見た人々の間には、さすがに戸惑いの色があったが、野上が作者も思い及ばぬ

（？）絵の説明をすると、なるほど、といった気になるようで、少しすると拍手が起った。

「どうぞ、栗原さん！」

野上に促されて、頬を紅潮させた栗原が前に出る。白いタキシードも、しばらく見ていると、せいぜいチンドン屋の衣裳《いしよう》くらいにしか思えなくなったのが、片山にはふしぎであった……。

拍手に応《こた》え、満面に笑みを浮かべて会釈する栗原は、正に「一世一代の晴れ舞台」であった。

片山は、ともかく栗原が幸せそうなのでホッとしてわきを見た。

野上の方を注目している客の間を縫って、一人の少女がアトリエから出ようと階段を上って行くところだった。

一瞬、塚田という入選作の画家の娘かと思ったが、どうやら野上の娘、信忍らしい。

「――では最後に」

と、野上が言った。「内輪のことで恐縮ですが、私の弟子の作をご覧いただきたい」

ははあ、自分がモデルの絵をみんなに見られるので、照れくさくて出て行ったのかもしれないな、と片山は思った。

戸並の奴、どこにいるんだ？

信忍はアトリエから居間へと出て、息をついた。

どうしよう?――信忍はまだ迷っていた。

アトリエから出て来たのは、自分を描いた絵が人目に触れるからではない。一旦《いったん》覚悟してモデルになったのだし、信忍自身も絵を描く。

そんなことで姿を隠すことはしない。

ともかく、今ならアトリエから逃げて来られたのである。

「あら、信忍さん」

と、やって来たのは、料理の大きな盆を両手に持った樋口江利子。

「あ、江利子さん。――今、戸並さんの絵が紹介されてるとこ」

「まあ。それじゃぜひ見なきゃ」

と、笑顔になる。

「私、太ってるからね。笑わないで」

「何を言ってるんですか。信忍さん、もっと食べて太んなきゃ」

「これで充分」

江利子は、足早にアトリエへと下って行った。

――信忍は、心を決めた。

裏口を開けに行くのだ。――〈チェシャ猫〉のために。

とんでもないことだというのは分っていた。けれども、信忍の中の何かが、それを許していたのである。

本当は、選考の結果発表の後の騒ぎに紛れて出て来ても良かった。〈チェシャ猫〉の要求はそうだったのだ。——けれども、そのときには信忍はそこまでの決心がついていなかった。

父の知り合いに次々声をかけられて、出て来る時間がなかったということもある。けれども、無理をすればそうできないこともなかった。

やはり、泥棒を家の中へ入れる手引きをするというのは、単なる好奇心だけでできることではなかったのだ。

だが——今、信忍は廊下を裏口へと急いでいた。

台所からも裏口へは出られる。人の話し声が台所から聞こえて来て、信忍は足を止めた。

「——ねえ、ちょこちょこって絵を描いて何億円だもん」

「いいわよね！　私も描いてみよう」

笑い声が上る。

大丈夫。——大方、作った料理をつまみながら、作る方は一段落しているのだろう。

信忍はそっと裏口のドアへ近付いた。

しかし——ここまで入って来ているのだろうか？　それに、時間も大分たっている。

〈チェシャ猫〉はまだ待っているだろうか。

信忍はそっとサンダルを引っかけ、裏口のドアのチェーンを外した。防犯という点では、かなり厳重になっている。

信忍はそっとドアを開けた。——細く開いた隙間から、

「いる?」

と、小声で、「〈チェシャ猫〉さん?」

外の冷たい空気が頰に触れた。——外は暗いが、信忍は人の気配を感じた。

誰かいる。ドアを大きく開けて——。

人影は見えなかった。いきなり拳《こぶし》が信忍の腹を打った。

声もたてずに、信忍は気を失って、その場に崩れるように倒れた。

ほう、と声が上った。

お世辞の声とは違っている。——誰もが一瞬その絵の少女に見入った。

テーブルに料理の盆をそっとのせた江利子は、じっと辺りの空気を肌で感じとろうとしていた。戸並の絵を、どう評価してくれるだろうか?

うーん、という、ため息とも唸《うな》り声ともつかぬものが聞こえてくる。

江利子は誰かが、

「いいですね」

と言ってくれるのを待っていた。

一人がそう言い出せば、みんなが賛成しそうな、そんな雰囲気だったのだ。

お願い、誰か言って！

江利子は、よっぽど自分が言ってやろうかと思った。が、そのとき、

「先生、これはいいですよ」

と、声が上った。

向井である。――画商として、向井の実力はよく知られている。

一斉に、

「立派なもんだ！」

「色づかいがいいね」

「シャープな線が現代的で――」

と、口々にほめ始める。

江利子は胸が熱くなった。――やったのだ。戸並の力が認められた。

「どうやら当人は照れて姿を隠してしまったようだ」

と、野上の声がした。「まあ、高く評価して下さって、弟子に代って礼を申します」

拍手が起った。

「さあ、まだ時間はある。充分に飲み、食べて下さい」

野上が合図をすると、ピアノの音が流れて来た。続いてヴァイオリンの調べ。

アトリエに、アップライトとはいえ、ピアノを持ち込んだのである。

江利子は、ともかく安堵《あんど》の息をついて、アトリエから出ようとした。

ふと、戸並の絵をよく見て行こうと思って、人々の間をすり抜けて行く。

信忍の裸形が、くっきりと浮かび上るようだった。——こうして見ると、一段とみごとである。

「——何をしてる」

野上が、江利子を見て、呆《あき》れたように言った。

「先生、ありがとうございます」

と、江利子は頭を下げた。「お礼に料理作りに来ました」

「やれやれ」

と、野上は苦笑した。

江利子は、戸並の絵を見て、それから入選作へ目を移した。ちょうど並んだ格好で見られたのだ。

「——驚いた」

と、江利子は言った。「信忍さんと、あの絵の女の子、よく似てますね」

絵に描かれて、余計にそう見えたのかもしれない。

「——そう思うか」

と、野上が言った。「俺もそう思う」

その口調に、江利子は何か普通でないものを感じてハッとしたのだった。


「——片山さん」

石津が、ちょうど食べ始めていた片山の肩を叩いた。

「——どうした?」

口の中のロブスターを何とか飲み込んで、片山は言った。

「セキュリティの信号が」

「どこだ?」

「裏口です」

「行こう」

片山は、人々の間を素早くすり抜け、アトリエから駆け上って行った。

13 立ち聞き

水上祥子は、何だかとても幸せな気分でヴァイオリンを弾いていた。

沢本のピアノは、よく鳴っている。このアトリエが、大体よく音の響くようにできていて、そこへ大勢の人が入っているので適度に残響が抑えられているのである。

祥子は、こんなに沢本と呼吸が合ったことなどなかったような気がして、嬉《うれ》しかった。

この分なら——そうだわ。きっと何もかもうまくいくわ。

沢本が一曲弾き終えて、

「次は少しゆっくりの曲にしよう」

と言った。

「そうね。——〈タイス〉？」

「ああ。それでいい」

と、沢本はピアノに向って、「祥子」

「なに？」

「今夜で最後だ」

祥子は戸惑った。

「何のこと？」

「もうおしまいにしよう、僕らのこと」

祥子は、ちょっと青ざめて、それから無理に笑った。

「何よ、急に？」

「分ってるだろ。僕のリサイタルに、野上から金を出してもらうって？」

祥子は、じっと沢本を見つめた。

「それは――」

「Kホールに相談したろ？　聞いたよ。『いいスポンサーがついて良かったですね』って言われた」

「ね、聞いて。今日話そうと――」

「代りに何をしたんだ？　野上と寝たのか」

「そんなこと――」

「さ、仕事仕事。〈タイス〉だよ。始めよう」

沢本は、自分の指がいつの間にか〈タイス〉の伴奏を弾き始めているのにも気付かなかった。

祥子のヴァイオリンが、切々と甘いメロディを歌い上げる。――パーティでも、近くにいる客は、会話を止めて聞き入っていた。

祥子は、沢本が本気だということを知っていた。そんなことで冗談を言う沢本ではない。体の中がすっかり空っぽになったようで、それでもヴァイオリンを弾けていることが、ふしぎだった。


「——おい、片山」

戸並が裏口の方へやって来た。

「何だ、どこにいたんだ?」

と、片山は言った。

「審査員の先生が一人帰るというんで、送ってたのさ。何かあったのか?」

「よく分らないんだ」

と、片山は首を振った。「この裏口のドアにも、開けるとパネルの明りが点《つ》く装置を付けた。今、それが点いたんで、駆けつけたんだが、ちゃんと閉ってる」

「故障か?」

「さあ……。石津が今、この辺りを調べてるがね」

片山は、台所の方を覗いた。「——まあ、何もないといいんだけどな」

石津が戻って来た。

「怪しい奴はいません」

「うん……。もし〈チェシャ猫〉が入りこんだのなら、その辺でウロウロしちゃいないだろう」

片山は、パーティの間は、ともかくどこに誰がいるか、つかみようがないことを承知していた。

「戸並。今、客はアトリエと居間以外の所に誰かいるか？」

「さあ……。たぶんまだほとんどアトリエだろ」

「居間へも出て来て一息入れてる客がいる。そこから外へ出ないように気を付けててくれ」

「しかし、ここから先は行かないで下さい、とは言えないよ」

「分ってる。しかし、さりげなく居間から廊下に出た所に立っているだけでも、客の動きはつかめる。石津も一緒にいさせるから」

「分った」

「普通の客が、個人の家の中を勝手に歩き回ったりしないだろ？」

「そうだな。――片山、〈チェシャ猫〉が入りこんだと思うのか？」

「どうも、そんな気がする。――石津、晴美とホームズを捜せ。アトリエだろ」

「はい！」

石津が駆けて行くと、入れ違いに江利子が戻って来た。

「戸並さん！　どこにいたの？」

「客を送り出してた。それより、君――」

「今、あなたの絵がみんなに拍手を受けてたのよ。それなのに、肝心の当人がいないんだもの」

「今？――そうか」

戸並は微笑んで、「いや、いたら胃に穴でも開いてたかもしれないよ」

「気の弱いこと言って！」

と、江利子は笑ったが、片山の真剣な表情に気付くと、「――何かあったんですか」

と、真顔になって言った。

「例の怪盗が侵入したかもしれないんだそうだ」

戸並が江利子の肩をつかんで、「用心してくれよ」

「ええ。でも……」

「中からチェーンがかけてある」

と、片山は言った。「しかし、ドアは開いた。ということは、誰かが一旦《いったん》中から、チェーンを外し、〈チェシャ猫〉を入れて、また元の通りにかけたんだ」

「中の誰かが？」

「その気になればやれるさ。ちょっとトイレに行くふりをして廊下へ出れば、ここへ駆けてくるのに何秒もかからない。しかし、ここにセキュリティの装置をつけたことは、限られた人間しか知らない。つまり、相手は忍び込んだことを全く知られていないと思ってるんじゃないかな」

「なるほど。油断してるかもしれない」

「だからこっちもあまり派手に動くことは控えよう。アトリエに出入りする人間をよく見ててくれ。大方の顔は分るだろ？」

「ああ、名前まで知らなくても、新聞の美術欄担当の記者の顔ぐらい分ってるよ」

「じゃ、居間へ行こう」

片山が促した。

「君も、もう台所にいるのはよせよ」

「あら、どうして？　デザート作りは楽しいわ」

と、江利子は言った。「ご心配なく。台所に盗まれるような物はないわ」

晴美とホームズがやって来るのが片山の目に入った。

「お兄さん――」

「目を光らしてくれ」

片山はそれだけ言った。

「ＯＫ」

晴美も分っている。「――今、野上さんがアトリエを出て行ったわ」

「先生が？」

「二階へ行かれたようですよ」

「疲れたのかな」

戸並は、ちょっと首をかしげた。

「ニャー」

ホームズの声は、「まさか」と言っているように聞こえた……。


ドアが開いた。

有貴子はほとんど反射的に立ち上っていた。――二人の距離はほんの数メートルだったが、時間にして十七年もの長さがあった。

「有貴子」

と、野上が言った。

「お久しぶりです」

と、有貴子は小さく頭を下げた。

「全くな……」

野上は、ゆっくり後ろ手にドアを閉めると、

「かけてくれ」

と、ソファをすすめた。

「すぐ戻りませんと……」

有貴子は低い声で、「夫が気付きます」

野上は寝室の空間にゆったりと置かれたソファに腰をかけると、

「ご主人は知ってるのか」

「まさか！」

と、有貴子は目を見開いて、「知っていたら、ここに来てはいません」

「そうだろうな。しかし――」

「お願いです。あの人には何も言わないで下さい。いい人なんです。本当に、私や娘を可愛がってくれます」

有貴子がたたみかけるように言った。「昔のことは忘れました。あの同じ間違いをくり返したくありません」

野上はじっと有貴子を見つめていたが、

「――分っているよ」

と、穏やかに肯《うなず》いた。「俺も、もう若くない」

有貴子は、ちょっと戸惑って、

「どうしたんですか？　具合でもお悪いんですか」

と訊《き》いた。

「俺だって、罪を悔いることはあるぞ」

野上は苦笑した。「——あのときのことは今でも思い出したくない」

「私は……いつも思い出さないわけにいきません。前の夫を殺したことを」

野上は、チラッとドアの方へ目をやって、

「あれは事故だったんだろう」

「そういうことになっていますが、夫は酔いどれて車を百五十キロのスピードで走らせていたんです。——あれは自殺です。私が夫を死へ追いやったんです」

野上は、落ちつかなげに肘《ひじ》かけを指で叩《たた》いていた。

「なぜ俺を恨まん」

「恨んでどうなります？　結局、一生あなたの名声を聞きながら暮すことになるんです。少なくとも、画家という仕事をし、画家を夫に持っている以上は」

「それだけか」

二人の視線が出会う。

「——お分りでしょう」

「うん」

野上は肯いた。「――分る」

しばらく沈黙があった。

「あなたは――」

「俺は――」

同時に口を開き、二人は言葉を切った。

何となく野上は笑い、有貴子は息をついた。

「いつ、分ったんですか」

「俺だって画家だ。候補に残って、一目見たとき、まずあの子に目を奪われた。信忍と似ている。そう思った。そして母親の方を見たとき、分った」

「野上さん」

と、有貴子は言った。「黙っていて下さいとお願いするのは、私のためじゃありません。私はどうなっても自分の罪ですから、仕方ありませんが、主人は――あの人の入選が、もし……」

「俺の娘が描かれているから入選にしたと思われたら、か」

「それが一番恐ろしいんです」

「心配するな。俺だって絵描きだ。そんなことで判断の目を狂わされやせん」

「そうかがって安心しました」

野上は、ゆっくりと息をついて、

「君のご主人は、天才ではないと思うが、いい仕事をするだろう。それは保証する」

「欲のない人なんです」

「また、俺と正反対の男を選んだものだな」

と言って野上は笑った。

「もう画家はごめん、って思ったんですけどね。――でも、あんな人もいるんです」

「そうだな」

野上は肯いて、「俺は、自分が天才で、何をやっても許されると思って来た。しかし――今は、天才でも何でもない、当り前の人間になりたいと思ってる」

有貴子は、ちょっと眉《まゆ》を寄せて、

「何かあったんですか?」

と訊いた。

「俺は――」

ふと、二人は顔を見合せた。

ドアの所で何か音がしたようだったのである。

有貴子は急いでドアへ駆け寄ると、パッと開けた。

「——誰かいたか」

と、野上が立ってくる。

「いえ……。見えませんわ」

「気のせいかな。それとも、湿気のせいか」

「もう、下へ戻ります」

「ああ。——俺は少し休んで行く」

「お疲れですか」

「俺だって、くたびれることぐらいあるんだぞ」

と、野上は言い返した。

有貴子はホッとした。——そばに立っていても、野上に何の危険も感じない。

それは、逆に寂しさでもあった。いつか人は他人を傷つけるような「勢い」を失う。安全になること。それは「何か」を失うことでもある。

有貴子は足早に廊下を階段へと進んで行った。


「——すみませんね」

と、向井は言った。「まあ、手間はとらせませんから」

「はあ……」

塚田は、落ちつかない気分で、野上家の客間に入って来た。

「この家は我が家のようなものです」

と、画商は寛《くつろ》いで、「少し息抜きをしなさい。くたびれたでしょう」

「興奮しているので、今は別に。明日になれば応《こた》えるでしょうね」

と、塚田は言った。

「ともかく、おめでとうございます」

向井にそう言われるのは、パーティで乱発される「おめでとう」と違う重味を持っている。

「どうも」

「話は簡単です」

と、向井は言った。「入選作については、お売りになるつもりは?」

「あれは——売れません。たとえ、どんなに貧乏しても、あれだけは」

「これからは、そういう心配はありませんよ」

と、向井は言った。「他の作品——これから描かれるものを含めて、ですが、私に一切の取引を任せていただきたい」

塚田は、すぐには返事をしなかった。

「決してご損はかけませんよ」

向井は続けて、「よそに比べても、私の所は力がある。これは事実を申し上げているんです」

「よく分ります」

と、塚田は言った。「あなたを信用しないとか、そういうことじゃないのです。——むろん、あなたの力はよく存じていますし、野上先生の立場もありますから、当然、承諾すべきなのでしょうが……」

「何かためらうわけが？」

「簡単です。——他の作品などありません」

向井が目をパチクリさせて、

「今までに描いたもの、という意味ですか」

「そうです。あの狭いアパートに、絵など、置いてはおれません。仕事で描いた絵は適当に処分してしまいました」

「これから描くものについては——」

「それは描いてから決めて下さい。賞をいただいても、それで腕が上るものでもない。一点一点、自分との闘いです。一点ずつご覧になって、気に入られたら、取り扱って下さい」

向井は、呆《あき》れたように塚田を眺めていた。

「──もうよろしいですか。戻らないと娘や家内が心配するでしょう。その辺で倒れていないかと」

「よく倒れるんですか？」

「興奮しすぎて、です」

塚田は真顔で言って、「ではこれで」

と、一礼して出て行った。

14　悪夢

「あら、あなた」

野上好子は、階段を上って来て、夫と出くわした。

「何だ。どうした」

と、野上は言った。「飲んでるのか」

「ええ。だって――今夜はお祝いでしょ」

好子の目はトロンとしていた。

「酔っ払ったところを信忍に見せるなよ」

野上はそう言って、階段を下りて行こうとしたが、

「あなた！」

「何だ。大きな声を出すな」

「普通の声よ。――今、どこにいたの？」

「自分の部屋で休んでた」

「嘘！　女といたのね。誰と？」

「お前の知ったことか」

と、冷ややかに、「寝ていろ。客の前に顔を出すな」

「あら……。ずいぶんな言い方ね」

好子は口を尖《とが》らして、「ひどいじゃない。私はあなたの妻なのよ」

「分ってるわ！」

「分ってないわ！」

「静かにしろ」

野上はため息をついて、「さ、来い」

と、妻の腕を取って二階へ戻って行く。

「あなた……。少しは私のことも考えてよ……」

好子のグチが小さくなっていく。

――晴美とホームズは、階段の下にそっと首を出して、

「――どこも内情は色々ね」

「ニャー」

ホームズも、考え深げに鳴いた。

「でも、〈チェシャ猫〉はどうしたのかしら？　一向に騒ぎも起らないし、つまんないわね」

片山が聞いたら文句を言いそうである。

「あら」

晴美は振り向いて、「あなた——入選した塚田さんの……」

「あ……。どうも」

と、頭を下げて、「塚田久美子です」

「おめでとう」

「ありがとうございます」

それだけ言って、娘はフラッとよろけると、あわてて支えた晴美に、「大丈夫です！すみません」

と言って、駆けて行ってしまった。

「——どうかしたのかしら」

晴美の目には、今の娘、何かショックを受けているように見えた。

「あの……」

と、居間から出て来たのは、塚田有貴子だった。「すみません、十六くらいの娘、見かけませんでした？」

「ああ、塚田さんですね。娘さん、今、あっちの方へ」

と、晴美が台所の方を指すと、

「すみません」

有貴子が礼を言って、娘を捜しに行く。

晴美とホームズは目を見交わし、

「——行くか」

「ニャン」

二人は、有貴子の後をついて行った。

「——お母さん」

「久美子、どうしたの？」

廊下で、母と娘が向い合っている。

「私……」

久美子が両手で顔を覆う。

「じゃあ……。やっぱり、さっきの——」

と、有貴子が息をついた。「聞いてたのね」

久美子が肯《うなず》く。

「お母さんが二階へ行くのを見てて……。どうしたのかな、って思ったの。そしたら野上さんも上ってくでしょ。——心配になって……」

「久美子。ごめんなさい」

有貴子は、娘の肩に手をかけた。「――詳しいことは、改めて話すわ。ともかく今は……」

「私、野上益一郎の娘なのね」

晴美は、聞いていて思わず声を上げそうになった。

「――そう」

「そのこと、お父さんは知らないね」

「もちろんよ」

「でも……お父さんだって画家だよ。二枚の絵を見て、気が付くんじゃない？」

「そうならないように祈ってるわ」

有貴子は、娘の肩を抱いて、「黙ってて。お願いよ」

「もちろん」

久美子は、大分立ち直った様子だった。「でも、一つ教えて」

「なに？」

「野上益一郎とお母さんの子なのに、どうして私、絵が下手なの？」

有貴子は笑って、

「さあね。――その内、突然才能が花開くかもしれないわよ」

「無理だな。私が描くと、街灯もチューリップも見分けつかないもの」

母と娘が居間の方へ戻って行く。

晴美とホームズは二人をやり過して、

「——驚いた」

と、呟《つぶや》く。「でも、信忍って子に似てるわね、確かに」

晴美でさえそう思うのだ。塚田貞夫だって気付くのではないだろうか。

——晴美たちは、廊下の中ほどにある小さなくぼみの奥に入っていた。ちょうど明りも届かず、身を隠すにはぴったりの所。

「ここ、納戸かしら」

と、晴美は小さな戸があるのに気付いて言った。

「ニャー」

ホームズが、鼻をピクピク動かして、その低いくぐり戸ほどの高さの戸の端へ頭を突っ込むようにした。

「何かあるの?」

「ニャー」

ホームズの鳴き声は、せかしているようだ。

晴美は戸を開けようとしたが、動かない。

「——どうかしましたか」

と、正にいい場面で、石津が現われたのである。

「良かった！　ね、ここ、開けて」

「何か食いものでも入ってるんですか？」

パーティの食事を充分に食べていないせいで、こういう発想になったのかもしれない。

「――固いですね」

と、石津は、戸を開けようとして、「――どいて下さい」

指をポキポキ鳴らすと、

「ヤーッ！」

というかけ声と共に……。

メリメリと音がして、その戸が動いた。

バリッ。――戸が二つに裂けた。

「凄い！」

と、晴美は目を丸くしたが、その納戸の中を覗《のぞ》き込んで、もっと目を丸くすることになった。

「この子――。野上信忍さんだわ。石津さん、出して」

石津に抱え上げられて、廊下へ横たえられた信忍は、気を失っている様子で、しかも手足を縛られ、猿ぐつわをかまされていたのである。

「お兄さんを呼んで来て！」

「はい！」

石津が駆け出して行く。

ホームズは、納戸の中を覗き込んで、何やらいぶかしげであった。


「——気が付いた？」

晴美が冷たいタオルで信忍の額を拭《ふ》いてやりながら言った。

「あ……」

信忍は目を開けて、「私——。あいつ、は？」

ハッとして起き上る。

「まだだめよ！　寝てないと」

「もう大丈夫です」

信忍は、頭を振って、「何か起りました？」

「何があったんだい？」

と、片山が訊《き》く。

——客間のソファに、信忍は寝かされていたのだ。

「私……殴られたんです、お腹」

と、信忍はお腹の辺りをさすって、「悔しい！　あんな奴の言うこと聞いて」

「あんな奴って？」

信忍は、ちょっときまり悪そうに、

「〈チェシャ猫〉です」

と言った。

「話してくれ」

片山が促すと、

「——お父さんに黙ってて」

「そうはいかないだろ」

「そうね」

と、ため息をつく。「私が馬鹿だった」

——信忍は、前に遅く帰ったとき、家の中で〈チェシャ猫〉と会ったことから始めて、今夜、裏口のドアを開けたとたん、殴られたことを話した。

「——呆《あき》れたなあ。けがしたらどうするんだ」

「すみません」

と、信忍もしょげている。

「そのとき、〈チェシャ猫〉の姿を見たかい？」

「いいえ、そんな余裕なかった」

「すると——この屋敷の中に、今、奴がいるってことだ」

「でも、どうやって捜す？」

「まだアトリエはパーティの最中だしな。——どこかに隠れて、客が帰るのを待ってるのかもしれない」

「それとも、パーティの客に紛れ込んでるのかも」

「うん……。君は姿を見せないでくれ。奴に、まだ気付かれていないと思わせたい」

「分りました」

信忍も素直である。

「晴美、この子についててくれるか」

「いいわよ」

片山が客間から出ると、戸並がやって来た。

「片山。——そこに先生、いるか？」

「野上さん？　いや。いないのか」

「うん……。どこに行ったんだろ？」

戸並は首をかしげ、「そろそろ帰る客もいるんだ。先生に挨拶《あいさつ》して行きたがるからね」

「戸並、パーティの客で、見たことない顔は？」

片山が戸並と話しながら、階段の辺りへやって来る。

「さあ……。僕も全部の顔を知ってるわけじゃない——」

「ニャー」

「ワッ！」

と、戸並がびっくりして、「いつの間にいたんだ？」

片山が、ホームズ、どうした？」

「ホームズ、どうした？」

片山が、ホームズの視線を追って、階段の方へ目を上げると、息をのんだ。

「——奥さん！」

と、戸並が言った。

野上好子が、明るいスーツ姿で、下りて来る。しかし、まるで夢でも見ているような目つき。

その夢は悪夢だったろう、と思わせるのは、好子のスーツ一杯に、血としか思えないものが飛び散っていたからだった。

「片山——」

「ここにいろ」

片山は、拳銃《けんじゅう》を抜くと、階段を上って行った。

二階の廊下を見通すと、ドアが一つ、半開きになっている。

片山は、ゆっくりとそのドアへ近付いて行った。

「——旨《うま》いな」

と、沢本が言った。「いい料理だ」

「ええ……」

水上祥子が、ぼんやりと答える。

「食べろよ。もったいないぜ」

「ええ……」

パーティも、時間がたつにつれ、あまり食べる方ははかどらず、専ら飲む方に比重がかかる。

料理はかなり余りそうだった。

「——あなた、どこにいたの?」

と、祥子がふと我に返って訊く。

「何言ってんだ。食べてたぜ、ずっと」

「そう?——見えないな、と思ってたのよ……」

「あちこち食べ歩いてた」

沢本は、至って明るい。——さっきの言葉は、冗談だったのか。それとも聞いたような気がしただけかしら？

「ね、私――」

「もうよそう。今さら話してもむださ」

沢本は、大いに食欲を発揮しながら、「旨い！――これ、旨いぜ。食べろよ」

祥子は、声を上げて泣きたかった。

沢本のために、と思ってしたことで、捨てられるなんて……。

そんなことって――。そんなことって……。

泣いて、くってかかりたかった。

けれども、実際には、祥子は言われた通りに料理を皿に取って食べ、

「おいしいわね」

と、微笑んでいた。

そして、そのとき、突然会場の明りが消えて、アトリエは闇にとざされてしまったのである。

15　闇の中

しばらくは、誰もが戸惑っているばかりで、その内明りが点《つ》くだろう、と思っている様子だった。

大方、誰かが間違って明りのスイッチに触ってしまったか、それともブレーカーが落ちたのか……。いずれにしてもじき明りは点くさ。

「どうしたのかしら」

と、水上祥子は不安になって言った。

「停電かな」

と、沢本は呑気《のんき》に言って、「財布、すられないように気を付けろよ」

と、ジョークまで言った。

「狙われるほど入ってないわ」

そう。結局はお金。そう思いたくないけれど、仕方ない。

自分たちにお金があったら、こんなアルバイトをしなくてもいいのだし、沢本にピアノのリサイタルを開かせるための資金を、野上益一郎に頼む必要もなかったのだ。

そうすれば、沢本も私のことをもっと愛してくれた。——ずっと愛し合って、結婚することだって、できたかもしれない。

それなのに……。どうして別れなきゃいけないの？　私が何をしたって言うの？

何だか、周囲が真暗になって、急に祥子は自分が大胆になっていることを感じた。理屈に合わないかもしれないが、ともかく妙な「力」が湧き上って来たのだ。

「私、いやよ」

と、突然言った。

「——え？」

沢本が少し間を置いて、「何て言ったんだ？」

「私、別れない。あなたと一緒にいる」

「おい……。何だよ、こんなときに」

妙な具合である。辺りは真暗で、みんなザワザワしている。

「どんなときだっていいでしょう！　本当のことを言うのに、場所は選ばないわ」

「大きな声、出すなよ」

——アトリエの中が暗くなって、大分たった。といっても、ほんの一、二分だろうが、長く感じられるのだ。

みんな、少し心配になったのか、段々黙ってしまい、アトリエの中は静かになった。

「大きな声出す権利ぐらいあるわよ！」

と、祥子の声はますます高くなって、アトリエの中に響き渡った。

「おい、祥子――」

「黙ってて！　今は私がしゃべってるの！　しがないヴァイオリン弾きで、レストランやパーティの、誰も聞いてない所で弾いてたって、ヴァイオリニストなのよ」

「分ってるから――」

「うるさい！」

祥子が怒鳴って、沢本は仰天したようで、

「お願いだから……。落ちついてくれよ、な？」

「これが落ちついてなんかいられますか！　私はあなたの才能を世に出すことを夢見て、ずっと頑張って来たのよ！　ときには『ドラえもん』の歌だって弾いたわ。それもあなたのため。それなのに――何よ！　私が野上さんに頼んで、あなたのリサイタルが開けるようにお金を出してもらったからって、それのどこが悪いの？　ここにいるみんなに訊いてごらんなさいよ！」

「な、祥子――」

「私が野上さんと寝たか、ですって？　安っぽいTVドラマの見すぎじゃないの？　男と見りゃ女の子を抱きたがってると思うなんて、それはあんたがそういう男だからよ」

祥子は、ここまで言うつもりじゃなかった。しかし、もう止められなかった。

一気にしゃべりまくっているのは、祥子も知らない「もう一人の祥子」のようだった。

「うぬぼれないでよ！　自分がウインクすりゃ、女の子はいくらでもついてくる、ぐらいに思ってるんでしょうけどね、私と別れたら、一体誰があんたの下着を洗ってくれるの？　どこの女の子が、トイレの掃除をしてくれるっていうのよ！」

「分った。――分ったよ。謝るから、頼む。やめてくれ！」

アトリエの中はシンと静まり返っていた。

「じゃ、私と別れないと誓って！」

「誓うよ。誓う」

「心がこもってない！」

と、祥子が怒鳴った。

「ごめん。――心から誓う！」

「キスして！」

「ここで？」

「どうせ真暗でしょ。いやだっていうのなら、あんたがこれまでに遊んだ女の子、一人ずつ紹介してやる」

「やめてくれ！」

「じゃ、しっかりキスして」

「どこに唇があるんだか……」

「捜せばいいでしょ！」

そして——二人の話が途切れた。

すると、パッと明りが点いたのである。

客たちは、会場の真中で、しっかりと抱き合ってキスしている二人を見て、やや呆気《あっけ》にとられ、それから拍手した。

アトリエの中に拍手が広がって行く。

二人はやっと離れて、

「——愛してるわ！」

と、祥子は怒ったように言った。「あなたも？」

「ああ……」

拍手が、二人を包んだ。

祥子は、初めて頬を赤らめて、

「お騒がせしました」

と言った。

笑い声と拍手が、さらに盛り上った。

そこへ、

「――皆さん」

と、入口の方から声がした。「皆さん、ちょっと聞いて下さい」

戸並が階段を下りて来ていた。

戸並の表情はこわばっている。――誰もが緊張して口をつぐんだ。

「聞いて下さい」

と、戸並はくり返した。「大変なことが起りました。――野上先生が亡くなりました」

声にならないどよめきがアトリエを満たした。

「申しわけありません、こんな席で」

と、戸並はマイクの所へ行って、「皆さん、ここからお出にならないで下さい」

戸惑いがあった。

「――どういう意味だね、戸並君？」

と、評論家の一人が言った。

コンクールの審査員の一人だ。

「警察からの要請です」

「警察？」

「何ごとです？」

と、進み出たのは、栗原だった。

「野上先生は……どうやら殺されたらしいのです」

戸並の言葉に、一瞬、アトリエの中は静まり返ったのだった。


「片山！　片山はどこだ！」

栗原がアトリエから居間へ出ると、大声で呼んだ。「——片山！」

「上です」

と、すぐ後ろで声がして、栗原は、

「ワッ！」

と、飛び上った。「石津か！　びっくりするじゃないか」

「すみません」

別に驚かせようと思ったわけではないのだが、石津は素直に謝った。

「片山は——どこだって？」

「二階です」

「そうか。現場はそこか」

「はあ」

「日本の美術界は偉大な天才を一人、失ったのだ！　分るか」

「そうですか」

石津に言っても無理というもので、「片山さんが上の部屋でお待ちです」

「分った。しかし……俺の胸は悲しみではり裂けそうだ」

白いタキシードの栗原は胸に手を当てて、天井を見上げ、ため息をついた。

「やっぱり貸衣裳《かしいしょう》はだめですね」

と、石津が言った。「どこか破れちまったんですか？」

栗原はチラッと石津をにらんだが、

「上へ行く。――誰も帰すなよ」

と言っておいて階段へと急ぐ。

「ニャー」

「おお、出迎えに来てくれたのか」

栗原は、階段の中ほどにちょこんと座っているホームズを見て、「お前には分るだろうな。野上益一郎の死が、俺に与えた衝撃の大きさを」

「ニャン」

ホームズは栗原にお尻《しり》を向けて、さっさと階段を上って行った。栗原はため息をついた。

二階へ上ると、片山が廊下で待っている。

「課長――」

「何も言うな！　俺は、自分の絵をほめてくれたから野上益一郎を尊敬していたわけじゃない。彼はかけがえのない才能だったのだ。なあ、片山」

と、肩に手をかけて、一緒に歩いて行く。

「あの、課長――」

「分っとる！　確かに、あの人は、人間的に問題があった。女たらしで、わがままで、冷酷だったかもしれん。自分勝手で身勝手で――同じことか」

「あのですね……」

「しかし、作品こそが問題なのだ！　分るか？　芸術とは永遠に残るものだ。人は百年も生きられやせんが、芸術は何百年も何千年も生き続ける。そのとき、それを作った人間の小さなわがままが何の問題になる？　人は忘れられても、作品は残る。たとえ、どんなろくでなしのものでもだ」

栗原は、開いたドアから中へ入った。

「いや、全く。おっしゃる通りです」

と、野上益一郎が言った。

「恐れ入ります」

と、栗原は頭を下げてから、「――もう、化けて出たので？」

「課長……」

と、片山がため息をついて後ろ手にドアを閉める。「だから、言おうとしたのに、一人でペラペラと……」

栗原は、目の前に立っているのが、確かに足のある野上益一郎だと知って、

「――片山！」

と、真赤になって言った。

「いやいや、今栗原さんのおっしゃったことは真理です」

と、野上は言った。「私はろくでなしで女たらしだ。否定はしません。――ただ、私にとって、それは必要なことだったのです」

「いや、むろんです！　もちろん当然、当り前にごもっともです！」

と、栗原は焦りまくって、「しかし、何だって殺されたなどと――」

「死体はそこです」

と、片山が指さす。

シーツを体に巻きつけるようにして、倒れている。白いシーツは血で半ば染っていた。

その傍に、血のこびりついた包丁が落ちている。

「誰だ、これは？」

と、栗原がその女を見下ろした。

「ここのお手伝いです」

と、片山が言った。「その包丁で一突きだったようです」

「お手伝い?——しかし、どうしてそれを……」

「犯人は、私を殺したと思っているのではないかと考えまして」

と、野上は言った。「そこで、一旦、私が殺されたという情報を流したのです。犯人がこの屋敷の中にいるとしたら……」

「はあ。しかし——」

と言いかけて、栗原は文句をつけるわけにもいかないと思ったのか、「分りました。ともかく今のところはそういうことにしておきましょう」

「課長。マスコミの方はどうしましょうか」

と、片山が訊《き》く。

「そうか!」

栗原は目を見開いて、「まずい! 本当に野上さんが亡くなったというニュースが流れる」

「止めますか。でも——」

「むだだ」

と、栗原は考え込んだ。「携帯電話ぐらい持ってる奴がいくらでもいるだろう。もうとっくに連絡してる」

「そうですね。しかし——」

「ニャー」

と、ホームズが鳴いた。

野上が微笑んで、

「それもいいじゃありませんか」

「どういう意味です？」

「いや、亡くなった加代にはすまないが、とりあえず私が死んだということにして。どうせ、もうニュースが流れてしまっているんでしょう？」

「それはそうですが、しかし、虚偽の発表をするわけにはいきません！」

と、栗原が目をむく。

「栗原さん」

と、野上は白いタキシードの肩を抱いて、

「あなたは何も知らなかった。なぜなら、あなたは今夜、画家としてうちへ来られたからです」

「な、なるほど……」

画家として、というひと言が、栗原の胸にグサッと来たことは、片山にも分った。

「あなたは、画家として招待される資格があったのです。少しも不自然なことではありません」

「そうですか……」

「そうですとも！　ここにいるのは、捜査一課の栗原課長ではなく、栗原画伯なのです」

勝負あった、というところである。

栗原の顔は紅潮し、白いタキシードと、まるで紅白の幕みたいに「めでたく」見えた。

片山は、ホームズと目を合わせた。

片山は小さく肩をすくめ、ホームズも——肩をすくめはしなかったが、ちょっと両目を閉じて、

「やれやれ」

という意を表したのだった……。

16　幽　霊

「えらいことになった」

と、塚田はタキシードを脱ぎながら言った。

「ええ……」

有貴子が低い声で答えて、「久美子、お風呂《ふろ》へ入って」

「うん。シャワーだけでいいや。くたびれちゃった」

と、久美子は伸びをした。

「疲れたろう」

塚田は慰めるように、「悪かったな、付合せて」

「どうしてそんなこと言うの?」

久美子は口を尖らして、「お父さんが入選に決ったことと、野上さんが殺されたことは関係ないじゃない」

「そうだったな。——すまん」

塚田は謝った。「どうも、貧乏性が身についてるから、信じられないんだ。自分の絵が評価されたなんて」

「私は当然だと思う。お父さんが入選して当り前だよ」

久美子の言葉に、塚田は嬉《うれ》しそうに肯《うなず》いた。

「ありがとう。――画商の向井さんも、俺の絵を一手に任せてほしいと言ってくれた」

「まあ！　凄《すご》いじゃないの、あなた」

有貴子には、その重味が分っている。

「ただ、肝心の売る絵がないってことが問題だがな」

と、塚田は笑って言った。

「描いてね！」

と、久美子は言った。「私で良かったら、またいつでもモデルになったげるよ」

「さ、お風呂に入って。遅くなるわ。明日は月曜日よ」

「はあい。――休んじゃおうかな」

と、久美子はお風呂場の方へ下着姿で歩いて行った。

「だめよ。何言ってるの」

「有貴子……」

塚田が、畳にドサッと座り込んだ。

「くたびれたでしょ。――お茶でもいれる？」

有貴子も一緒に座って、「明日は、起きるまで寝かしておくから」

何となく沈黙が訪れた。

有貴子は、ふと不安がきざして、

「何か……」

「野上さんが、あんなことになったからな」

塚田は息をついて、有貴子の目を見ずに言った。「お前……ショックだったろう」

有貴子は、心もち青ざめた。

「あなた――」

と言いかけて、夫がびっくりした顔でいるのを見た。

振り向いて、有貴子も驚いた。

久美子が、裸で立っていたのだ。一糸まとわぬ体をさらして。

「久美子――」

「お父さん」

と、久美子は言った。「見て。恥ずかしくないよ。私のお父さんは一人しかいないんだから」

塚田と有貴子は言葉もなく、十六歳の裸身を見ていた。

「でも、今だけだよ」

と、久美子は微笑んで、「じき、色っぽくなるからね!」

パッと身を翻して、お風呂へ駆け込んでいく。

二人は、なおしばらく無言だったが、もう張りつめたものは消えていた。

「あいつ……」

塚田は首を振って、「親の立場がない」

「本当ね」

「野上さんも気付いたな、当然」

「ええ。その話を、あの子も聞いていたの」

「じゃ——実の父親が殺されたわけだ」

「今、あの子は言ったでしょ。父親はあなただけだって」

「うん……」

塚田が肯いた。「俺は幸せだ」

有貴子が手を伸して、塚田の手に重ねた。

お風呂場から、シャワーの音が聞こえていた……。

「塚田貞夫に、野上さんを殺そうとする理由がある?」

と、晴美は車の中で言った。

——もう明け方が近い。

石津の運転する車で、片山たちは帰る途中である。

晴美の膝《ひざ》には、ホームズがポコッと丸くおさまっていた。

「久美子って娘が、野上の子だと気付いたかもしれない」

と、片山が隣の席で言った。

「気付いてるわね、きっと。信忍って子とそっくりだもの」

「有貴子、だっけ？　あの奥さんと野上の間に、何があったか、塚田がもし嫉妬《しっと》深い男なら……」

「そうね。容疑ゼロとは言えない。奥さんの方もそうだわ。野上さんにまた昔のような関係を迫られたら……」

「やりかねないな、あの人なら」

と、片山は肯いた。

「娘さんは、そんなことしないでしょうけど……」

「ただ、塚田にとっちゃ、世に出るための最大の後ろ盾だ。その野上を殺すか？」

「カッとなれば……。芸術家ですもの」

晴美の理論は単純明快である。

祥子は、ガクッと頭がずれて目を覚ました。

え?――ここ、どこだろう?

びっくりして見回す。

「ああ……。そうか」

ヴァイオリンケースが、ソファで隣に並んでいる。沢本は……。どこに行ったんだろう?

野上家の客間である。

警察が来て、大騒ぎだった。TVカメラマンや記者も詰めかけた。

当然だろう。画壇の大物が殺されたというのだから。

アトリエでのパーティに出ていたというので、話を聞かれた。しかし、祥子と沢本は客というわけではなく、ヴァイオリンとピアノでBGMをやりに来ただけだ。

二人の説明で、刑事もすぐ納得してくれたようだった。

そして、

「もう帰っていい」

と言われたのだが、夜中になって、もう電車もない。

あの、樋口さんとかいった女の人が、戸並という人に訊《き》いてくれて、

「朝、始発電車が動くまでこの客間で寝てもいいわ」

と言ってくれたのである。

タクシーなど使えば、高く取られる。――バイト代の十万円は戸並からもらっていたけれども、むだづかいはしたくなかった。

沢本も一緒にいたのだが……。

何時だろう？　祥子は、客間の中が暗いので、立ってドアを開け、廊下へ出た。

じき、夜が明ける。

野上邸の中は静かだった。殺人事件なんて、怖いことが起ったとは、とても思えない。みんな夢だったのじゃないだろうか。

夢……。沢本のリサイタルに、野上が費用を出してくれるはずだったのに……。

もちろん、こんなことになっては仕方ない。

そういえば、野上益一郎の奥さんって、どこへ行ったんだろう？　さっぱり見かけなかったけど。

パーティの初めのころはいた。お酒をずいぶん飲んで、大分酔っていたのを、祥子はヴァイオリンを弾きながら目に止めていたのだ。

でも、あの騒ぎの後は見なかった。むろん、ご主人が殺されたというのだから、ショックで倒れていたのかもしれない。

あの奥さんに話をしたら、お金を出してくれるかしら？　ご主人が、沢本さんのリサイタルにお金を出して下さることになっていたんです……。そう話して？

とても無理だろう。あの奥さんはそういうことをしてくれそうにない。人間、見かけじゃないとはいっても、雰囲気とでもいうものは身についているものである。

祥子は、ちょっと身震いした。――廊下はひどく冷え込む。

トイレを借りよう。確か廊下の奥の方……。

薄暗い廊下を、あまり足音をたてないように（スリッパの音だが）進んで行くと、水洗の流れる音がして、ドアが開いた。

あ、そこだったんだわ。もしかしたら沢本かと祥子は思った。

出て来た人影は、祥子がいるとは思ってもいなかった様子で、正面から突き当って来た。

アッ、とよけようとしたときにはぶつかって、祥子は尻《しり》もちをついてしまっていた。

「すまんすまん」

と、声がして、「大丈夫か？」

どこかで聞いた声だ、と祥子は思ったが、ともかくしたたかお尻を打って、

「痛い……」

と、ついグチを言っていた。

「そんなにひどかったか。誰かいるなんて、思いもしなかったのでね」

この声……。誰だっけ。

相手がしゃがみ込んで、祥子の顔を覗《のぞ》き込むと、

「何だ、ヴァイオリニストか」

その顔は、どう見ても野上益一郎だった。――まさか！

殺された人が……。そんなわけない！

もしかして――幽霊？

怖いよりも何よりも、あんまりびっくりして、という方が正確だろう。

ウーン、と一声唸《うな》って、祥子はその場で失神してしまったのである。


「あのヴァイオリン弾いてた女の子？」

と、晴美が訊いた。

「そうさ。伴奏していたピアニストの男がいたろ？」

片山は助手席で手帳を開けた。「ええと……。これだ。〈沢本要〉。水上祥子は、恋人の沢本のために、リサイタルを開く費用を出してもらうことになっていたそうだ」

「誰が言ったの？」

「戸並さ。野上さんから、そう聞いていたそうだ。具体的なことは、戸並がやることになるから、というんでね。今夜、というか、ゆうべというか、あのパーティの後、水上祥子と話をするつもりだったらしい。もちろん、それどころじゃなくなったわけだけどな」

「アトリエで面白いことがあったって聞いたわ」

晴美は、アトリエの明りが消えて、その闇の中で、ピアニストの男に女の子が食ってかかり、強引にキスさせて拍手を受けたという話をした。

「何のことだ？」

と、晴美は肯《うなず》いた。

「それか！」

「誰から聞いたんだ？」

「料理出してた樋口江利子さんよ。ちょうどアトリエの中にいたんですって」

「そうか……」

「リサイタルのお金を出してもらうために、野上さんと寝たって疑われてたらしいわ、水上祥子って子」

「沢本が本当にそう疑ったとしたら、野上に仕返ししたかな？」

「でも、確かめもせずに殺そうとする？」

「二人はずっとアトリエにいたのか？」

「さあ……。あのパーティだもの、少しぐらい出入りしても――」

「しかし、戸並が出入りする人間を見ていたはずだ」

片山は首を振って、「まさか、あの二人じゃないだろう」

「それに、結局誤解だったわけだものね」

と、晴美は言った。

「そうだな。――野上も少しこりたらしい。もう若い女の子にやたら手を出したりしないだろう……」

片山の言葉に、ホームズの耳がピクピクと動いて、眠たげな目がうっすらと開く。

――人間なんて、こりない動物だからね、猫と違って。

ホームズはそう言いたげな風にも見えた。

17　朝の光

理屈には合わないかもしれなかったが、祥子は、気を失ったときには少なくとも、

「もしかしたら、目の前にいるのは幽霊かも！」

と思ったはずなのに、気が付いて自分の方を覗き込んでいる野上を見たときには、すぐに本当のことを察していた。

「生きてらしたんですね！」

「何とかね」

と、野上は真面目くさった顔で肯いた。「君の方こそ、死んじまったのかと思ったぞ」

「びっくりしますよ。そんな……」

祥子は起き上ろうとして、まだ少しめまいがした。

「寝ていなさい。じき朝になる。別に、急いで帰ることもないんだろ？」

と、野上は言った。

祥子は初めて気が付いた。――自分がどこで寝ているか。ベッドの上だ。

「ここ……」

「客用の寝室だよ」

「じゃ……。野上さんが運んで来たんですか」

「それくらいの力はある。何といっても、画家なんて肉体労働者だからね」

と、野上は微笑んだ。

「私……何だかだるい」

と、息をついて天井を見上げる。

「ゆうべは大騒ぎだったからね。疲れてるんだよ」

「どうして——嘘をついたんですか？」

「殺人事件があったのは事実だ。殺されたのは、お手伝いだった加代だ」

「お手伝いさん？」

「私の寝室で殺されていた。犯人は私を殺したと思っているかもしれない。そこで、私が死んだというニュースを流したんだ」

「そんなの、嘘だわ」

つい、祥子は言っていた。

野上の表情が厳しくなった。

「なぜ嘘なんだ？」

「いえ……。ごめんなさい。私、どうかしてるんです」

と、祥子は両手で顔を覆った。

「言いなさい。——なぜ嘘だと思った」

野上はベッドに座ると、祥子の手首をつかんで顔から引き離した。

「痛い……。何となく——そう思っただけです。お願い、手を……」

祥子は、怖かった。

野上は、しかし一瞬の内に穏やかな表情に戻ると、

「悪かった。私もね、少し疲れているんだよ」

と言った。

「いえ……。ごめんなさい。変なこと言って」

「君は芸術家だ」

と、野上は言った。「何か、超能力のようなものを持っているのかもしれないね」

祥子は何も言わなかった。また、野上を怒らせるかもしれないと思うと、恐ろしかったのである。

「——そうだ」

と、祥子はハッとした。「忘れてた！　あの人、あの人のこと——」

「彼氏かね？」

「ええ、沢本さんのこと……。あの人、心配してるわ、きっと」

起き上り、ベッドから下りようとすると、野上がヴァイオリンのケースを持ち上げて見せた。

「君の楽器はここにあるよ」

祥子がポカンとしていると、野上は続けて、

「もう、沢本君は帰ったよ。君がいないので廊下を捜していたから、戸並から『彼女は先に帰りました』と言わせた」

「そんな……。どうして？」

「君がここにいるのを教えてやった方が良かったかね？」

「それは……。でも……」

「私はね、君を起すに忍びなかったのさ。それで、沢本君を先に帰した。――心配することはない。君が、後で適当にごまかせばいいだけだ。『途中で貧血を起して休んでいた』とでも。簡単だろ？」

「でも……やっぱり帰ります」

と、祥子は立ち上ってふらついた。「――どうしたんだろ……。めまいが……」

「さあ、寝るんだ。――いいね。無理しても仕方ない。そうだろ？」

どうにもならない。

祥子はベッドへ倒れ込むようにして、そのまま目を閉じた。目を開けていると、めまい

がおさまらないようだった。

何だかおかしい……。こんな……。こんなことって……。

体が波間を漂ってでもいるようで、祥子はそのまま眠りの中へ引き込まれて行った。

そして……。

野上は、

「おい。──大丈夫かね?」

と、呼びかけた。

苦しいのかな? 祥子は深く呼吸していた。ブラウスの胸のふくらみが、上下している。

野上はブラウスのボタンを外して前を開いた。

祥子は、次第に呼吸が落ちついて、穏やかに眠っている様子だった。

少し開いたままの唇は、まるで幼い子供のもののようだ。

野上は、指先で祥子の唇を触れてみた。唇がかすかに動いて、指にキスしているようだ。

野上はベッドに上った。──眠っている祥子は、ついさっきまでの娘とは別人のようだった。

あどけない寝顔。頰が白く光って、ブラウスから覗《のぞ》く肌は暖まっているのかほんのりと赤い。

野上は大きく息を吸った。

熱いものが、胸を満たしている。——このところ忘れていた何かが、戻って来た。

これを捕まえなければ。——理由などない。

野上の本能が命じていた。

目の前にあるものを受け取れ、と。

野上はそっと顔を祥子の胸に埋《うず》めた。


「——結局、〈チェシャ猫〉はどうなったのかしら?」

と、晴美は言った。

「もう寝るよ」

片山は大欠伸《おおあくび》をした。「見ろ。ホームズだって、とっくに寝てる」

アパートへ着いて、石津はそのまま車を運転して帰って行った。

片山たちは、パーティで食べているからお腹は空《す》いていない。

さっさとシャワーだけ浴びて、パジャマを着ると、片山の目はもうくっつきそうである。

「明日……。起してくれ……」

「今日、でしょ」

と、晴美は言った。「頼りないんだから」

片山は寝てしまい、ホームズも座布団の上でスヤスヤと寝ている。

「私一人か、目覚めてるのは」

むしろ、晴美の元気の方が「普通じゃない」のだが、人間は自分を基準にして考えるものである。

自分でお茶などいれて飲みながら、

「――〈チェシャ猫〉があの屋敷にいたとしても、あの騒ぎじゃね。――いくらだって逃げられるわ」

ホームズの方へ、仕方ないので、「ね、ホームズ」

と、声だけかける。

何も返事しないならともかく、尻尾《しっぽ》だけがピクピクと動くところが、皮肉でも言われているようで晴美は渋い顔。

「でも……。〈チェシャ猫〉は美術品を狙ってるわけでしょ？　それなのに、何も盗まずに引き上げたのかしら」

盗もうにも、あんなに警官が大勢来ていたのでは、不可能だったかもしれない。

――〈チェシャ猫〉は、野上信忍に裏口のドアを開けさせて、気絶させ、縛って納戸へ放り込んだ。

つまり、〈チェシャ猫〉は外から来たということである。そしてどこかに潜んでいた。

「――どこに？」

と、口に出すと、ホームズが顔を上げた。

「何だ、起きてたの」

ホームズは、トロンとした目で晴美を見ると、欠伸をして、また眠ってしまった。

「人を馬鹿にして！」

と、晴美は怒っている。

だが――。〈チェシャ猫〉はいつまで待つつもりだったのだろう？

みんなが寝静まるまで？　それはおかしい。

信忍の姿が見えないとなれば、みんな騒ぎ出すはずだ。放っておいて寝てしまうことはあるまい。

それぐらいのことは〈チェシャ猫〉も知っていただろう。つまり、信忍が発見されることを承知していた。

それは、〈チェシャ猫〉が侵入したことを、片山たちに知られることでもある。

当然、信忍がしゃべってしまうことも分っていたはずだ。

では、あの殺人事件は何だったのか？〈チェシャ猫〉がやったとしたら、何のために？

本当に、野上を狙って、誤ってお手伝いの女性を殺したのだろうか。もし初めからあの女性を狙っていたのだとしたら？

あの加代という女……。あれは何者だったのか。

晴美は、

「調べる必要がある……わ……」

突然眠気に捉《とら》えられて、晴美はダイニングの机に突っ伏すと、眠り込んでしまった。

ホームズは、ヒョイと顔を上げ、晴美を見ると、軽く息をついてまた寝入ったのだった……。

「──起きてごらん」

囁《ささや》く声がした。「起きてごらん。──面白いものが見られるよ……」

夢？ それとも自分で寝言でも言ってるのかしら。

信忍は、ベッドで寝返りを打った。

そして──ふと、人の気配を感じた。

突然、これは現実だ、と思った。誰かがすぐそばにいる。

怖くて目が開けられなかった。──そこに誰かの顔がある、という気がした。

汗がふき出す。だめだ！ 目を開けて！

思い切って、信忍は目を開けた。

誰もいない。パッと起き上ったが、部屋には誰もいなかった。

――夢？

そうだろうか？　でも、聞こえた。「面白いものが見られる」という声……。

あれは――あいつの声だ。

信忍はそっとベッドから出た。

今日は月曜日だ、と急に思い付いたが、すぐに思い出した。

休んでいいんだ。「お父さんが殺された」んだもの。当然休まなきゃ。

むろん、信忍は父が生きていることを知っていた。加代が殺されたことも。

信忍は、「父が死んだことにする」というアイデアを面白がって、戸並を苦笑させた。

でも、本当にそんなことであいつを捕まえられるのだろうか。

――信忍は、そっとドアを開けた。

誰かがそこにいるような気がして仕方なかったのである。顔を出して覗いてみたが、人影はなかった。

やっぱりあの声は夢の中で聞こえたものなのだろうか。

ドアを閉めようとしたとき――カチャリと音がして、ドアの一つが開いた。

びくっとして、ドアを閉じようとしたが、見ていたいという誘惑には勝てなかった。

あのドアは……来客用の寝室じゃない？

出て来たのは――父だった。

父が、何だか落ちつかない足どりで廊下を通って行くのを、信忍はじっと息を殺して見ていた。

父は階段を下りて行ったようだ。

でも――ホッとしながらも、信忍は何となく不安だった。父の様子が、どことなく変だったからだろう。どこがどうおかしかったか、と言われても良く分らないが……。

信忍は、静かに廊下へ出ると、今父の出て来たドアへと歩いて行った。

来客用の部屋だ。誰か泊っているのかしら？

ためらった。――やめておけ、という声が自分の中に聞こえた。

でも、やめられなかった。信忍はドアのノブをつかんで、ゆっくりと回した。


居間に、朝の白い光が入りこんでいた。

すっかり夜が明けたわけではないが、もう明りを点《つ》ける必要はない。

窓辺に立って外を眺めていた野上は、ドアの開く気配に振り返った。

「――お前か」

と、戸並を見てホッとする。

「先生。おやすみにならなかったんですか？」

戸並が当惑した様子で、「体に悪いです。少しでも――」

「眠ったよ、少し」

と、遮って、「俺は平気だ。それより、好子は？」

「鎮静剤が効いて、眠っておいでです」

と、戸並は言った。「江利子がそばについていますから」

「そうか。——すまなかったな、樋口君にも手間をかけて」

「そんなことは……」

と、戸並は言って、ゆっくり居間の中央へ進み出ると、「しかし、先生。奥様は——」

「あいつに人は殺せん」

「そう思います。でも、あの片山は分っていると思いますが。先生が、奥様をかばっておられることは」

野上は、ソファに身を沈めて、

「あのままなら、好子が加代を刺したと思われたろう。——放っておけなかった」

「ですが、嘘の証言は——」

「好子はやっていない！　それで良かろう」

と、強い口調で言うと、「それより、例の泥棒だ」

「あの騒ぎでは、絵を盗むどころではなかったでしょう」

と、戸並は言った。「逃げていますよ」

「うむ……。だが、何となく気が抜けた感じだ」

「そんなことを――。それより、今朝からニュースで先生の死亡が流れると、弔問客で大変ですよ」

「断っとけ。どうせ義理で来る連中ばかりだ」

と、手を振って、「それより――」

と言いかけた野上はドアの方を見て、びっくりした。

「信忍。起きたのか、こんな時間に」

パジャマ姿の信忍は、真直ぐにやって来ると、

「あの人、泣いてたよ」

と言った。

「何だ?」

「パーティでヴァイオリンを弾いてた女の人でしょ」

野上が青ざめた。

「お前は、何も知らなくていい」

「見たんだもの!」

と、信忍は声を震わせた。「裸で、泣いてたよ、あの人」

戸並がじっと信忍を見ていたが、

「信忍さん、ともかく――」

「放《ほ》っといて！」

と、鋭く言い返して、「私だって何するか……。何しろ、この人の娘だものね」

「信忍――」

「私が何したって怒らないでよね！」

言い捨てると、信忍は居間を走り出て行った。

入れ代りに、江利子が顔を出して、

「何かあったんですか？」

と言った。「信忍さん、泣いてたみたい」

「後で」

と、戸並が首を振る。

「奥様が――先生をお呼びです」

江利子の言葉に、野上はゆっくりと顔を向けて、

「目を覚ましたのか」

と言った。

「ええ。何かおっしゃりたいことがおありだそうです」

野上は立ち上ると、無言で居間を出て行った。

「どうしたの？」

と、江利子がやってくると、戸並は首を振って、何も言わなかった。

朝がやって来ていた。居間は射し入る光で暖められつつあったが、部屋の雰囲気は、どこか冷え冷えとして、重苦しいままだった……。

18　天罰

好き勝手にすることが、こんなに面白くも何ともないとは、信忍は思ってもみなかった。

もっと気軽で、楽しくて、自由だとばかり思っていた。友だちがみんな学校へ行って、何の役にも立たない勉強をしているときに、一人、サボって遊んでいる。——前から信忍はこんな風にすねて「非行に走る」自分に憧《あこが》れていたのだ。

でも——面白くない。

こんなはずじゃなかったのに……。

信忍は、ハンバーガーの店の二階からぼんやりと表を眺めながら、こんなはずじゃなかったのに、と心の中でくり返していた。

落ちつかない。——まさか自分が学校へ行きたがっているとは思わないけれど、といって何をしたいのか、分らないのである。

ほとんど空になったコーラのカップを手でクルクル回したりしながら、こんなことで父に反抗していることになるのか、と皮肉めいた問いを自分に投げつけた。

父のしたことに怒り、絶対に許すもんか、と思いつつ、あの父をどうやったら罰することができるんだろう、と正直なところ途方にくれていた。

可愛い制服の店員が二階へ上ってくると、

「野上信忍さん。——いらっしゃいますか」

と、呼んだ。

え？　誰のこと？

野上信忍なんて名前、他にあるだろうか。でも、ここへはフラッと入っただけだ。それなのに……。

「野上さん？　お電話ですけど」

そう言われたら、出ないわけにいかない。

「はい、すみません」

と、席を立って、階段を下りて行く。

レジの所で電話を取る。

「——もしもし」

恐る恐る言うと、

「何してるんだ、そんな所で？」

と、愉快そうな声。

この声！　あいつだ！

「もちろんよ。卑怯者《ひきようもの》！」

「僕が分るかね」

　やや八つ当りの気味はあった。

「おいおい、僕に当らないでくれ」

　と、〈チェシャ猫〉は言った。

「どうして私がここにいるって――」

　と言いかけ、「後をつけてたのよね、もちろん。当然よね」

「君を心配したからだ。サボる気で家を出て来ただろう？　見れば分る」

「顔を見せたら？　何も盗めない大泥棒さん！」

　と、信忍は言ってやった。

「君が元気で何よりだ」

　と、〈チェシャ猫〉は笑った。

「何がおかしいのよ！　人のこと騙《だま》して！」

　信忍は、つい大声を出して、あわてて店の中を見回した。

「おい、待てよ。――分った。君は僕がやったと思ってるな？　君を殴ったり、縛って戸棚へ放り込んだり」

「他に誰がいるの？」

「誰かいるんだ。あれは僕じゃない」

「だって――」

「君は相手を見たのか？　声でも聞いたのか？」

　そう言われると、信忍も言い返せない。

「でも……言われた通りに開けに行ったのよ」

　と、主張すると、

「約束の時間よりずっと遅かったろ？」

「だって……忙しかったんだもん」

「君の気が進まないことは分る。確かに僕も何もなければ朝方まで、あの勝手口で待っていた。ところが、庭を見て回っているガードマンがやって来てね、こっちは姿を隠さなきゃならなかったのさ」

「何ですって？」

　信忍は受話器をしっかり持ち直すと、「今、何て言った？」

　と訊《き》き返した。

「分ってるだろ」

「それじゃ……私を殴ったのも、あの加代さんを殺したのも、あなたじゃない、って言うのね」

「もちろんだ」

と、〈チェシャ猫〉は堂々と言った。

「じゃあ……」

「誰がやったのかは、僕も知らない」

「——本当？」

「信じてくれよ。人殺しなんかするのなら、初めっからそういう奴だってことさ」

「あなたは『そういう奴』じゃないって言うのね」

「それなら、いちいち君に声をかけたり、面倒なことをするか？」

〈チェシャ猫〉の言い方は説得力があった。——いや、むしろ信忍の中には相手を信じたいという気持があったのだろう。

「信じてあげる」

と、信忍は言った。「でも、一つ教えて」

「何だ？」

「私を起した？」

「——どういう意味だ？」

「いいの」

あれは夢の中だったのだろうか？　〈チェシャ猫〉の声で目を覚まし、父のしたことを知ったのだが……。

「ね、力を貸して」

と、信忍は言った。

「僕の力を?」

「そう。あなたの手を借りたいの」

「何をするんだ?」

「父の絵を盗み出すのよ」

と、信忍は言った。

「やれやれ、大騒ぎですな」

と、向井が言った。

「マスコミなど放っとけ」

と、野上益一郎は言った。

「戸並さんは駆け回ってますよ。何しろ、TV局も雑誌も、先生の追悼特集をやりたがって、その企画だけでも何十と出ています」

「追悼か」

と、野上は苦笑した。「最後のひと商売ってわけだな」

アトリエは、いつもの静けさに戻っている。

「――広いな」

と、野上は言った。

「何です?」

「このアトリエさ。こんなに広く感じたのは初めてだ」

野上は、両手を後ろに組んで、ゆっくりとアトリエの奥へ歩いて行く。

「先生――」

「いっそ、本当に死んだことにして、どこかへ消えてしまいたいくらいだ」

「大丈夫ですか?　お疲れでは?」

「疲れか……。もちろんさ。人は生きていれば誰でも疲れる。ただ、その疲れが何かを生み出すか、ただ空しく消えていくかの違いだ」

野上は、奥まで行って振り向いた。「俺はどうかしてるか?」

向井は、淡々とした表情で、

「先生は人間だということです」

と言った。

野上はちょっと笑ったが、その笑いにはどこか自分を笑っているようなところがあった。

アトリエには、まだ〈アダムとイヴ・コンクール〉の入選作の絵が下げられたままになっている。塚田の〈二人のイヴたち〉はもちろんだが、他に戸並の作品、そしてあの迷作(!)、栗原の〈クビになったアダムとイヴ〉もそのままになっていた。

「――俺の絵も、いつか誰かに乗り越えられる」

と、野上は言った。「そのとき、もう俺の役割は終ったんだ」

「まだまだ、先生はこれからです」

と、向井が言った。「先生が亡くなったというニュースが流れて、どうなったと思います? 先生の絵は三倍の値になりました」

「下らん。コレクターが値上りを待つだけの作品だ」

「しかし、高値がつくことは絵の社会的な評価ではあります」

「それぐらい俺だって知ってる」

野上は肩をすくめた。「しかし、若いころとは違う。それが描く意欲をかき立ててはくれん」

「売る意欲はかき立てられますがね」

と、向井は言った。「その入選作の塚田という画家ですが、一風変ってますな。今どき珍しい男だ」

「そうか。――そうだろうな」

と、野上は肯《うなず》いて、「お前が扱うんだろう。できるだけ高く売ってやってくれ。物を創り出す人間は、一度は高く売れることを経験した方がいい。そうでないと、一人で満足して終ってしまう」

「なるほど」

向井は、興味深げで、「先生、今日は哲学者顔負けですな」

「からかうな。俺は絵を取ったら何も残らん人間だ」

と、野上が言ったとき、アトリエに入って来たのは、樋口江利子だった。

「先生。片山さんがおみえです」

「そうか、――ここへ通してくれ」

と、野上は言った。

「私は失礼しましょうか」

と、向井は訊いた。

「いや、いてくれ。何しろ俺は幽霊なんだから」

と、野上は真面目くさった顔で言った。

一旦《いったん》居間へ上った江利子が、片山を連れて下りて来る。――加代が殺されて、江利子は何となくそのまま後を引き継いだような格好になっていた。

「やあ、刑事さん」

と、野上は言った。「何か分ったかね」

片山は、栗原の絵がまだ下げてあるのを見て、目をそらした。

栗原から、

「俺の絵のことを、何か言っていたか聞かせてくれ」

と言われている。

「今のところはまだ……」

と、片山はややひけめを感じながら言った。

「今日伺ったのは──加代さんのことです」

「ああ、気の毒なことをしたが……。家族はないという話だったがね」

と、野上は言った。

呑気《のんき》なもので、加代の姓さえ忘れていたのである。確かに、十年間も「加代」だけで通していたら、忘れても当然かもしれない。

「加代さんの姓は〈溝田《みぞた》〉というんです。〈溝田加代〉。──金沢の出身ということが分りました」

片山は手帳を見て、「母親と二人で東京へ出て来て、しばらくして母親が亡くなって、加代さんはここで働くようになったようです」

「──そんな名でしたか」

と、向井が言った。「よく機転のきく人だったが」

野上は、なぜか黙っていた。

片山は、話を続けようとして、

「――何か思い当ることでも？」

と訊《き》いた。

「いや……。〈溝田〉というのか。確かかね」

「ええ」

「そうか……。聞いたことのない名だったのでね。忘れていたとしても、聞けば思い当りそうなものだが」

野上は、そう言って、〈二人のイヴたち〉の絵を見た。

「奥さんにお会いしたいのですが」

と、片山は言った。「事情をぜひうかがいたいので」

野上は、少し迷っている様子だったが、

「樋口君」

と、江利子へ声をかけた。「家内に訊いて来てくれないか。刑事さんが話を聞きたがっていると」

「はい」

江利子が行きかけると、

「ああ、待ってくれ」

と、野上は呼び止めた。「戸並はいるか?」

「出かけましたが、もう戻るころです」

「戻ったら、伝えてくれ。もう一度パーティをやるから、と」

誰もが戸惑った表情を浮かべる。

「先生、どういう意味ですか?」

と、江利子は訊いた。

「そういう意味さ。パーティはパーティだ」

野上は、〈二人のイヴたち〉を見て、「せっかくの受賞が、とんでもないことになってしまった。ぜひもう一度祝福したい。――どうせ俺が生きていることも公表せんとな」

「でも……いつ、ですか?」

「早い方がいい。明日やろう」

「――はい」

「戸並に伝えてくれ。この間と同じ顔ぶれを集めてくれ、と」

「同じって……。全員ですか」

「できるだけ全員だ。――都合のつく者は残らず」

「かしこまりました」

江利子が行こうとすると、野上は付け加えて、

「あのヴァイオリンとピアノ二人もだ」

江利子は、振り向いて何か言いかけたが、

「いいな、あの二人にも、同じように弾いてもらえ」

と、野上はくり返した。

「分りました」

江利子は、足早に階段を上って行った……。

19　反応

「もう一度パーティだって？」

と、栗原は言った。「それはどういう意味だ？」

俺に訊かないでほしいんだよね、と片山は思った。何も片山がパーティを開くわけじゃない。

「野上さんがそう言ってるんです」

と、片山は事実のみを伝えた。「同じメンバーに出席してほしいと」

片山はそこまで言ってハッとして、

「むろん、服装は同じでなくていいそうです」

白いタキシードの上司を、片山は二度と見たくなかったのである。

「選考会はやらんのだろうな」

「パーティだけです。もちろん、選考委員は来るでしょうが」

栗原は自分の席で考え込んでいたが、

「――まあ、野上さんを、いつまで死んだことにしておけるか。どうせなら、どこかから洩《も》れる前に、公表してしまった方がいい」

と、肯《うなず》いた。「その辺は何か言っていたか？」

「こちらへ任せるそうです。課長の責任になるのを心配している様子でしたよ」

「そうか！　スケールの大きな人だな」

と、栗原は感じ入ったように言って、「それで……片山、訊いてくれたか」

「は……。あの――あの作品も、明日のパーティの間、ぶら下げておくと……」

ぶら下げる、という以外に何か言い方がありそうなものだが、栗原はそれなりに感激し、喜んでいた。

「どうしましょう、課長？　前もって事実を発表しますか？」

「いや、パーティの席上にしよう。前もって、ということになると、その件だけで記者会見しなきゃならん。どうして死んだことにしたかなんて、どう説明する？　パーティで突然野上さんが現われる。――この方がずっと効果的だ。そう思わんか」

片山も、なるほどと思った。栗原にしては（？）、いつになく論理的である。

「分りました。じゃ、そう伝えます。戸並に言っておくことにしますよ」

片山は、何となく不安である。――野上がただ、「塚田に気の毒だ」という理由で、わざわざパーティをやり直すとは思えない。

大体、殺されたのが自分だということにしようと言い出したのは野上当人だ。それがなぜ、急に「本当のことを公表する」と言い出したのか。

「——夫人には会えたのか」

と、栗原が訊く。

「いいえ。訊いてもらったんですが、本人がどうしても話したくないと言ってるそうなんです」

「ふむ……。お前はどう思う？」

「さあ。——ともかく殺されたのが溝田加代だということが肝心の点なのかもしれません」

「どういう意味だ？」

「つまり——人違いでなく、もともと加代が狙われていたのかもしれない、ということです」

栗原は、黙って肯いた。同意しているのか、ただ片山の言わんとするところを分った、と言っているのか、どっちともつかない。

「——片山さん、お呼びですか」

石津がやって来た。

「ああ。明日、また野上さんの家でパーティだ。準備しといてくれ」

「は？」

片山が詳しく説明すると、

「それじゃ……料理もこの前と同じように出るんですかね？」

と言った。

「それより、今度こそ出るかもしれないよ。——〈チェシャ猫〉が」

と、片山は言って、心の中で付け加えた。

あの、〈クビになったアダムとイヴ〉を盗んで行ってくれないかしら、と……。

玄関のチャイムが鳴ったので、久美子はてっきり父と母が帰って来たのだと思った。

「はい！　お帰り！」

と、駆けて行って玄関のドアを開けると、

「——やあ」

目の前に立っていたのは戸並だった。

「あ、ごめんなさい。てっきりお父さんたちだと……。どうぞ！」

と、あわててわきへ退く。

「いや、すぐすむから」

「でも、こんな所じゃ。——上って下さい。あんな大邸宅じゃないけど」

戸並は、言われる通りに上り込み、久美子がお茶を出してくれるのを待つ間、室内を見回していた。

「——いい家だ」

「ええ？　こんなボロアパートが？」

と、久美子は笑って、「お茶、どうぞ」

「ありがとう。——建物のことじゃないんだ。確かに、このアパート自体は古いが……。

この部屋の中の空気がいい」

「そう言われると嬉《うれ》しいです」

久美子は、戸並に見つめられて、やや照れた。——「何か顔についてますか？」

「ごめん、ごめん。いつも思うんだ。モデルになった人間と、作品の中の姿と、どっちが
魅力的か、とね」

「そんなの、決ってる。あの絵に限れば絵の方がずっとすてき」

「そうかい？」

「だって、私がモデルでも、描かれてるのはお父さんだもの」

戸並は、じっとまた久美子を見つめ、

「いや、君の中のものを、あの絵は引き出したんだよ」

と言った。

「——信忍さんも？」

戸並は微笑んで、

「あの場合は、僕のモデルに進んでなってくれた信忍さんのやさしさが絵に現われた、というところかな」

久美子は、少し間を置いて、

「知ってる……でしょ？」

「君が、先生の子だってことか？　まあ、信忍さんを描いててね、あの候補作の中の少女とそっくりだと思い当ったよ」

「私、別に何とも思ってません」

と、久美子は言った。「会ったこともない人のこと、突然父親だなんて言われても、ピンと来ないし」

「分るよ。そこが君のいいところだ」

「だけど――一つ、気になるのは信忍さんが知ってるかどうかなんです」

戸並は少し考えて、

「あの利口な子のことだ。考えないわけはないと思うが、それを胸の中にしまっておくこともできる子だよ」

と言った。

「偉いなあ」

「いや、君らは似ている。外見が、というよりも、中身がね。きっと君たちは仲良くなれるだろう」

「でも――世界が違う」

と、久美子は笑った。

その笑いは爽《さわ》やかだった。

「あ、そうそう。肝心の用件を忘れるところだった」

戸並の話に、久美子は面食らった。

「――またパーティを？」

「うん。事情は出てくれれば分る。――何といっても、君のお父さんが出てくれないと、格好がつかないからね。むろん、君とお母さんもだ」

「そんな……。あんなドレスなんか、二度と着られないですよ、恥ずかしくって」

「服装は、ごく普通の格好でいいんだ。頼むよ。出てくれるよね」

と、戸並が念を押す。

「――はい」

と、久美子は肯いた。

「良かった！　じゃ、明日の七時に、迎えの車を寄こすから」

「分りました」

久美子は、戸並が立ち上るのを見て、「もう帰るんですか？　お父さんたち、そろそろ戻ると思いますけど」

「他にも回る所が沢山あってね」

戸並は、靴をはきながら、「じゃ、待ってるよ」

「はい」

久美子は、戸並が帰って行くと、早速、自分の洋服ダンスの中を引っかき回し始めた……。

いくらドレスでなくてもいいといっても、やはり普段着で、というわけにはいかない。何着てこう？　大変だ！

——塚田と有貴子が帰ったのは、二十分ほどたってからだったが、

「ただいま」

と言ったきり、有貴子は呆然としてしまった。

久美子の服が、足の踏み場もないほど散らばっていたのである。

「空巣にでも入られたのかと思った！」

有貴子は、久美子の話を聞いて、「——妙なことね」

と、夫の方を見た。

「うん……。ま、出ないわけにもいかんだろう」

塚田は首をかしげて、「もうタキシードは着ないぞ！」

と、宣言した。

「お母さんも行くよね」

久美子に念を押された有貴子は、ゆっくりと椅子に腰をかけ、

「あなた」

「何だ？」

「野上さん、生きてるのよ」

「何だって？」

「きっとそうだわ。あの人がそう簡単に死ぬわけないもの」

母の言葉に、久美子も自分がそう感じていることを知った。

野上は生きている。——でも、もう一度パーティを開いてどうするのだろう。

玄関のドアを開けて、

「ただいま」

水上祥子はヴァイオリンケースを上り口に置き、男ものの靴に気付いた。

お客？　珍しい。

「——これで印刷に回していいね」

その声に、祥子は立ちすくんだ。

「やあ、早かったな」

と、沢本要が言った。「戸並さんだ」

「ええ……。どうも」

祥子は、軽く戸並へ会釈して、「失礼して、着替えます」

「明日、また弾いてくれってさ」

沢本の言葉に、耳を疑った。

「――まさか」

「いや、本当なんだ」

戸並は言った。「明日の夜。この間と同じようにね」

「本気でそんな――」

と言いかけて、祥子は言葉を切った。

「今、プログラムの相談をしてたところさ」

と、沢本がコピーした紙を見せて、「どう思う？　フランス音楽を後半に持ってったんだ。一応ショパンも弾くけど、前半の終りにしてね」

――あんなにいやがっていた、野上に出資してもらってのリサイタル。

それに、今沢本は夢中だ。

もちろん、そう説得しようとした祥子だったが、いざそうなると……。

祥子が一人で野上邸に残った後、何があったか、沢本は知らない。いや、野上が生きていることさえ、知らないのである。

祥子は、そのプログラムをザッと眺め、

「いいんじゃない」

と言った。「――二曲めと三曲めを入れ換えた方がいいかもね。長調の曲が続くよりも」

「うん。――そうか。そうだな。じゃ、これとこれ、入れ換えて下さい」

と、沢本は印をつけて、戸並へ渡した。

「分った。後は任せてくれ。――そうそう。写真だけど、この前もらったの、あれは良くないね」

「友だちにとってもらったんです」

「素人だよ、やはり。プロにとってもらおう。明日、パーティのとき、時間がうまく合えば」

「分りました」

「じゃ、これで。――明日、七時に来てくれよ」

戸並が帰り仕度をすると、

「私、買物があるから、そこまで出てくる」

祥子が急いで言った。

戸並と一緒に外へ出ると、

「――どういうことですか」

と、祥子は言った。

「君が怒っているのは当然だ」

と、戸並は歩きながら言った。「しかし、明日のことはあれとは関係ない。君も、割り切って、忘れてくれないか、一日だけ」

「調子のいい人！」

と、祥子は笑った。「野上さん、何を考えてるんですか？」

「あの人も苦しんでるよ」

「当然でしょ！　刑務所へでも入れてやりたい」

と、祥子は言った。「でも――沢本に知られるのが怖いから、そうしないだけなのよ」

「分ってる。――明日、来てくれよ」

戸並は、くり返して言うと、「じゃ、これで」

と、足早に立ち去る。

もう、すっかり夜になっていた。

20 当夜

「ご苦労様」

と、あちこちで声がする。

「――いいね、今度の」

と、いつも同じことしか言わぬ客。

「色づかいがもう一つ……」

と、何かひと言、言いたがる人。

色々である。

信忍は腕時計に目をやった。――もう三十分もしたら、出なくては。

小さな画廊ではあるが、割合美術愛好家には知られている。

「――信忍さん、大変だったわね」

と、声をかけてくる人もいて、信忍としてはどう答えたものか困るのだが、もともと気丈な子、というタイプなので、悲しみにくれていると見えなくても、その点は不審がられない。

「信忍さん、いいね。血筋だな」

と、もう年輩の仲間が言ってくれると嬉《うれ》しい。

「——ありがとうございました」

と、信忍は知人を一人送り出して、ホッと息をつく。

そろそろ出てしまおうか。

また明日になれば大騒ぎだ。

すると、そこへ、

「ニャー……」

え？　今の声……。

びっくりして戸口を見ると、ホームズがトコトコ入って来るところだった。

「ホームズ……。あ、晴美さん」

信忍の頰が染る。「どうしてここが？」

「戸並さんに教えてもらったの」

と、晴美が言った。「大したもんね！」

「あいつ！　今夜のパーティでけっとばしてやる」

と、信忍は怒っている。

「いいじゃないの」

と、晴美は笑って、「画家として見ても、相当なもんだって、戸並さんが」

「『お絵かき』の類《たぐい》です」

と、信忍は言ったが、悪い気はしないというのも事実。

「――ここの画廊の持ち主が、新人、若手の会を年に二回、やってくれるんです。で、私もその一人で……」

「凄《すご》いわね」

と、晴美とホームズは、ともかく真直ぐ信忍の絵の前に立った。〈家族〉。――テーマとは裏腹に、その絵は荒涼として、人の姿がない。

「どこが〈家族〉なの？」

と、晴美は素直に訊《き》いた。

「私の中の〈家族〉のイメージです」

「人がいない？」

「隅の方にチラッと……。影だけですけど」

確かに、よく見ると枠外の人間の影だけが小さく頭を出している。

「――私、絵のことは何と言ってほめるものなのか知らないけど――」

と、晴美が言った。「少なくとも、自分の言いたいことをきちんと絵で描ける技術を持ってると思う」

「ありがとう！」

信忍はホッとして、「専門家でない人からの意見って、嬉しいですよ」

と、付け加えた。

「――パーティには？」

「ええ、出ます。晴美さんたち――」

「一緒に行く？」

「ええ！」

信忍は肯《うなず》いて、「すぐ出ます？」

「そうしましょ。兄たちは一足先に行ってるわ」

晴美とホームズは、画廊の外で、信忍が用意して出て来るのを待つことになった。

十分ほどして、信忍は出て来たが、

「晴美さん」

と、真顔で、「ちょっと――」

「どうしたの？」

「今、奥でちょっと話をして出て来たんですけど……」

画廊の中へ戻ると、信忍の絵の前に。

「――誰かが貼りつけて行ったんです」

と、信忍は言った。

〈家族〉の絵の下に、〈売約済〉の札が貼られていた。

〈売約済、チェシャ猫様〉

と……。


「台所は私が」

と、樋口江利子は言った。「もう加代さんはいませんから」

「ご苦労様」

片山は、台所の方を覗いた。

もう、四人ほどが忙しく立ち働いている。

「——この間とは違う人だね」

「ええ、やっぱり、みんな気味悪がって」

と、江利子は言った。「凶器が、ここから持ち出された包丁ですからね」

「それもそうだな」

「包丁はできるだけ使わないようにと考えています」

江利子は、充分に張り切っている様子だった。

「よろしく」

と、片山が引っ込みかけると、

「僕でよろしければお手伝いを」

と、石津が言った。

「お前は食べるだけだろ」

片山は石津を引張って、居間へ戻った。

戸並がやって来て、ソファにへたり込むと、

「やっと集めた！　主だったところは揃えたぞ！」

「大変だな」

と、片山は言った。

「ま、仕方ないよ」

と、戸並は言った。「あの先生は、何でも自分の思い通りになると思ってるからね」

「今日の狙いは何だ？」

と、片山は訊いた。

「分らんよ。――片山、この前は何も盗めなかった。今夜こそ、やって来るかな」

「〈チェシャ猫〉か。――どうかな。本気でここの絵を盗もうとしているのか……」

「先生は、単純かもしれんよ。ただ、自分が生きてるってことで、みんなをびっくりさせたいだけかも」

「それだけのために、パーティを？」

「やりかねないんだ、芸術家ってやつはね！」

と、戸並は言った。


ヴァイオリンのメロディ。ピアノの軽やかな伴奏。

アトリエは、まるでコンクールの夜に戻ったようで、にぎやかな対話とグラスの触れ合う音がしていた。

片山は、居間に出ると、

「そろそろだな」

と、戸並に声をかけた。

「うん」

戸並は、二階の方へ注意を向け、「先生、今仕度中だろう」

「人騒がせ、ですめばいいけどな」

「全くだ」

戸並は、塚田久美子を見て、「やあ。来てくれたね」

「遅くなっちゃった。――お父さん、仕度に手間どって」

久美子は、後ろを向いて、「早く早く！」

と、手招きする。

久美子は可愛いワンピースで、塚田はツイードのジャケット姿で現われた。

「さ、アトリエへ」

と、戸並が促して、「奥様は？」

「ああ、一緒です。たぶん――トイレかな」

「お父さん、先に行って。私、待ってる」

と、久美子が言った。

「そうしてくれ。いや、今日、またコンクールがあるような気がして、落ちつきませんな」

と、塚田は笑った。

ドアをノックしてみると、案の定、

「どうぞ」

と、返事があった。

有貴子はドアを開けた。

「――来たか」

野上は、意外そうな表情も見せず、「来ると思っていた」

「生きてらっしゃると思っていました」

有貴子が言い返す。

野上が笑って、

「人間だと思っとらんな？」

「そうかもしれませんね。芸術家は人間じゃつとまらない、っておっしゃってましたものね」

「そんなことを言ったか？」

「お忘れですか」

有貴子は、ドアの所に立っていた。

「あの子は？」

「久美子ですか。今、下にいます」

「そうか……。信忍の奴がふさぎ込んでいる。少し相手をしてやってくれると助かる」

野上は、鏡の前で身だしなみを整えた。

「一体何を考えてらしたんですか？」

「死んだふりか？　色々わけがあってな」

と、楽しそうに笑う。「——なあ、有貴子」

「何でしょうか」

「お前から見れば、俺は人間じゃないかもしれん。しかし、俺も年齢《とし》をとるのだ」

「それは――」

「一度、抱かせてくれ」

有貴子の表情のこわばるのを見て、野上はあわてて付け加えた。「違う違う！　お前と寝たいと言っているわけじゃない。本当に、文字通り、腕の中に抱きたいだけだ。――いいか？」

「何のためです？」

「昔のことを思い出したいのさ」

野上は、穏やかに言った。「――どうだ」

有貴子は、ゆっくりと進み出て来た。

「――抱くだけでしたら」

「ありがとう！」

野上は、有貴子の方へ歩み寄ると、腕の中にスッポリと包み込むように、静かに抱いた。

有貴子は、じっとされるままになっていたが――。

「ありがとう」

と、野上が離れて、「思い出したよ、こんな感じだったかな」

「先生……」

有貴子はまじまじと野上の顔を見つめて、

「もしかして……」

「何だ？」

「先生、死ぬつもりですね」

野上は一瞬、虚を突かれた様子だったが、すぐに笑って、

「もう死んだ幽霊だぞ。どうやってもう一度死ぬんだ？」

「先生。本気ですね。死ぬつもりで今夜パーティを開くことにしたんでしょう」

有貴子は野上の腕を取って、「言って下さい！」

と、迫った。

21　復活

「間違ってる？」

と、信忍は言った。「私、間違ってる？」

鏡の中に、信忍は自分の険しい顔を見ていた。絵を描く人間として、表情の違いには
——たとえ自分の顔でも——敏感である。

「間違ってるかもしれない。でも、赦《ゆる》せないのよ。お父さんのあんなひどいやり方。女の子がどんなに傷つくか、分ってない！　少し痛い思いをしなきゃ。ね、そうでしょ？　どうせまだ当分長生きするのよ、お父さんは」

信忍が語りかけているのは、返事してくれるはずのない相手、三毛猫だった。

いつの間にやら、ホームズは信忍の部屋の前で座っていたのだ。中へ入れて、信忍はパーティ用にワンピースを着た。

「ドレスより地味だけど、少し大人って感じでしょ？」

クルッと回って見せると、ホームズはちょっと小首をかしげ、

「ニャー」

鳴いて、上を向いた。

上を見た、というのでなく、喉《のど》を見せた、と信忍には思えた。

「あ、そうか。——ちょっと胸もとが寂しい?」

アクセサリーの箱からネックレスを取り出し、かけてみる。そう、確かによく似合って、首から胸もとにかけて明るくなる。

ふしぎな猫だ。本当に、人の気持が分るような。人の心を持っているような。

「あんた、お洒落《しゃれ》ね」

と、信忍は言った。「そろそろ時間かな」

ホームズがドアの方を向いて、短く鳴いた。

「誰かいる?」

信忍は行ってドアを開けた。「——あ」

立っていたのは、塚田久美子だった。

そして——二人は啞然《あぜん》として互いを見つめ合った。

「驚いた」

と、信忍は言って久美子の腕を取ると、「来て!」

と、部屋の中に引張って来ると、鏡の前に並んで立った。

二人は、全くの偶然だが、よく似たワンピースを着ていた。もちろん、信忍のは特注品で、久美子のはプレタポルテ。

値段も何倍か信忍の方が高いだろうが、それでもよく似た色合い、デザインだった。そして、ネックレスだけが久美子にはない。

「ね、これ、つけて!」

信忍が、自分のアクセサリーの箱からネックレスを出し、久美子の後ろに回って止めてやった。

「どう? ぴったりね」

「でも……」

「いいじゃないの! まるで双子ね、私たち」

並んで立つと、信忍は久美子の肩に手を回して、「似てるの、いや?」

「いいえ」

もう、何も言わなくても分っている。

「何月生れ?」

と、信忍が訊いた。

「五月」

「私、八月。じゃ、あなたの方が少しお姉さんだ。――『お姉ちゃん』!」

「おお、妹よ!」

二人は笑って抱き合った。

そして、信忍は息をつくと、

「さすがお姉ちゃん」

「何が？」

「胸のふくらみが私よりある」

「変なこと言わないで！」

赤くなって、久美子はうつむいた。

「でも……一人っ子だったから、私。嬉《うれ》しいな」

「お互い様ね」

と、久美子は言った。「父も知ってるわ。でも、私のお父さんは父だけ」

「それはそうよ。うちのお父さんなんか、父親とも言えない」

「生きてるのね、やっぱり」

「あれは化物だもん、死なないよ」

と、信忍は言った。

「ハクション！」

野上はクシャミをした。「――誰か俺の悪口を言ってる」

「誰でしょうか」

「あんまり大勢いて分らん」

と、野上は笑った。

有貴子は、少し悲しげな表情を見せながら、言った。

「答えて下さらないんですね」

「まあ、聞け」

野上は、椅子に腰をおろすと、「芸術家にとって、いつ死ぬかなんて、大した問題じゃない。作品がいつまで生きているか、それだけだ、関心があるのは」

「でも、あなたは芸術家以外に、夫で、父です」

野上は意外そうに、

「お前がそう認めてくれるのか？」

と言った。

「先生を憎んでいる人は大勢います。それだけ、愛している人もいるんです。やっぱり、死をもてあそんではいけませんわ」

と、有貴子は言った。「死をもてあそぶってことは、命をもてあそぶことです」

野上は、ふと鏡の前に立つと、

「俺は怖い」

と言った。「今までは、自分が罪を犯すことなんか、何とも思っていなかった。むしろ、罪を犯す楽しさを味わっていた。それで地獄へ行ったとしても、ちっとも怖くなかった」

野上は有貴子を見て、

「〈アダムとイヴ〉のコンクールをやったのは、俺自身のアイデアだ」

「ご自分がエデンの園を追われるからですか」

「失楽園、さ。——追われたところで、俺は居座ってやる、ぐらいのつもりでいた。ところが……。俺はそれほど強い人間じゃなかった」

「悪党じゃなかったんですね。ご自分で思っておられるほどには」

野上は、有貴子の言葉にちょっと笑って、

「そうかもしれんな。何のことはない。ただの平凡な男に過ぎなかったんだ」

野上は、有貴子の肩に手をかけて、「ありがとう。お前のおかげですっきりした」

「そんなつもりじゃありませんでした」

「俺は何でもプラスにしか受け取らないんだよ」

と、野上は笑った。

ドアをノックする音。——有貴子が急いで開けると、戸並が立っていた。

有貴子を見ても、別にびっくりする様子もなく、

「先生、パーティの用意ができました」

「うん。打ち合せの通りでいいな」

「はあ。ですが、先生が生きておられたと分っても、あまりびっくりする人はいないかもしれませんよ」

「つまらんな、それじゃ。――ゴリラのぬいぐるみでも着て行くか」

有貴子は笑いをかみ殺して、

「じゃ、私は下に行っています」

と頭を下げて廊下へ出た。

戸並は残って野上と話している。

有貴子がドアを閉めて階段の方へ行きかけると、猫の鳴き声がして、

「あら。――久美子」

振り向いた有貴子は、三毛猫と、そして双子の姉妹のように手をつないでやって来る二人を眺めた。

「お母さん」

と、久美子が言った。「私の新しい妹よ」

「信忍さんのことを……。失礼よ」

「全然、そんなことないです」

と、信忍は言った。「週に一度は必ず会おうって決めたの。ね?」

「うん」

と、久美子が肯《うなず》く。「でも、お母さん、これから本物の妹か弟ができる可能性もあるよね？」

「親をからかわないで」

と、有貴子は苦笑いした。「さ、下へ行ってましょ」

――アトリエは、再びパーティのにぎわいの中にあった。

「あら、ホームズ、どこに行ってたの？」

晴美がホームズを見付けて抱き上げると、

「フニャ」

と、窮屈そうな声を出す。

一方、片山は、と言えば――栗原のことを不安な思いの中で待っていた。

いや、来ないかもしれない、と不安だったわけじゃない。来なきゃそれに越したことはないが、必ず来るとは分っている。問題は今日また白いタキシードなんかで来られたらどうしようか、ということだった……。

石津はパーティ会場内を巡回しつつ、ついでに（？）料理をどんどん皿に取っては平らげていた。

「刑事さん。――よろしく頼みますよ」

と、片山に声をかけて来たのは向井である。

「何か起ると思いますか」

「さあ……。私にとっちゃ、何ごとも絵の値段を上げてくれる話題作りです。自分が死にさえしなきゃね」

向井ははっきりした口調で言った。

向井がグラスを手に客の間に紛れていくと、晴美がホームズを抱いてやって来た。

「いやな人ね」

と、向井の消えた方へ目をやって、「芸術のことなんか問題じゃないのよ。高く売れればいいんだわ」

片山も、向井のことを好きとは言えない。しかし、同時にああいう男が必要なことも確かなのだろう。でなければ、画家は一人一人、みんな自分で作品を売る交渉からしなくてはならない。

「——やあ、戸並」

片山は、戸並が現われるのを見て手を上げて見せた。戸並は急いでやって来て、

「今、下りて来る」

と言った。「ファンファーレでもないと、ご不満なようだよ」

ふしぎな人だ。——片山は、芸術家とは分らないものだ、と思った。

栗原もよく分らない上司だが、野上ほどではない。

「──片山さん！」

一旦《いったん》上の居間へ上った石津が戻って来て言った。少しあわてている。

「どうした？」

「今、上に栗原課長が」

「やっとみえたのか」

と、戸並が言った。「すぐ先生が下りて来るから、栗原さんにも早く下へ──」

しかし、片山は何かありそうだと気付いていた。

「俺が迎えに行く」

「その方がいいと思います」

と、石津が肯く。

片山は、急いでアトリエから居間へ上って行った。

「いや、少し迷ったんだがね」

と、栗原が上機嫌な声を上げている。「やはりパーティにはパーティにふさわしい格好というものがある。そうだろ？」

「ええ、その通りですわ」

と、樋口江利子は料理の皿を手にして言った。「とてもよく似合ってらっしゃいます」

栗原は、片山に気付いて、

「おお、どうした？　もう野上さんはアトリエに？」

「いえ……。まだです」

と、片山は言った。

「そうか。間に合って良かった！」

「はあ……」

片山の表情に気付いて、栗原は自分の真赤な上着と白いズボンのタキシードを見下ろすと、

「少し派手か？」

と言った。

「いえ……。蝶《ちょう》ネクタイが渋くていいです」

唯一、まともなグレーの蝶ネクタイ。片山は、むろん皮肉のつもりでそう言ったのだが、

「そうか。これがな、実はなかなかこってるんだ」

と、栗原は嬉《うれ》しそうに、「見てくれ」

蝶ネクタイをつかむと、「裏側も使える。リバーシブルだ」

と、裏返して見せた。

金色のまぶしい蝶ネクタイが現われて、片山はひっくり返りそうになったのだった……。

「——こうなったら、早く野上さんに出て来てもらうしかない」

と、片山は言った。

「でなきゃ、課長をどこかに閉じこめるか」

「仕方ないわよ」

と、晴美が慰める。「それに、見慣れたらそうひどくもないわ」

「しかし、遅いな、野上さんは」

片山は少し心配になって来た。

「片山さん」

と、やって来たのは、樋口江利子だった。

「どうしました？」

「栗原さんを、野上さんが捜しておいでとか」

「課長を？　それなら目立ちますよ」

と、片山はアトリエの中を見渡した。「——変だな」

訊《き》いてみると、誰かが、栗原がトイレに行くと言って居間へ上って行ったという話。

アトリエにもトイレはあるが、たぶん人ごみの間を通るより上へ行った方が早いと思ったのだろう。

片山と晴美は、居間へ上って行った。

「ニャー」

ホームズが早く来いという様子で、駆け出しながらチラッと振り向く。

「ホームズ。どうしたの？」

「何かあったんだわ」

晴美と片山がホームズの後をついて行くと、一階の廊下のトイレから、当の栗原が現われた。あの赤い上着を脱いでいる。

「課長——」

と、片山は言いかけて、栗原がよろけたので、びっくりして支えた。「どうしたんです？」

「俺はもうだめだ」

と、栗原はズルズルと片山の手から逃れて床に座り込んでしまう。

「飲み過ぎたんでしょ。だめですよ、そう強くないのに」

「いや……。それもそうだが、あのタキシード……」

「上着のことですか、真赤な？」

「うん。あれを盗まれた」

「盗まれた、って……。どこでです？」

「トイレに入って、水がはねるといかんと思ったんで、脱いでドアのフックにかけておいた。——手を洗って、着ようと思ったらないのだ」

片山は、思わず笑顔になりそうなのを何とか抑えた。

「大丈夫。誰かが面白がって持ってったんですよ。出て来ますよ」

と、すっかり楽しげに栗原の肩を叩《たた》いた。

「そうだ。野上さんがお呼びだそうですよ」

「こんな格好で行けるか！」

と、栗原は主張した。「これは美意識の問題だ！」

「じゃ、捜してみますから、課長はこの辺にいて下さい」

むろん、捜すつもりなんかないのである。

——片山たちは、居間へ戻って、

「なかなか気のきく奴がいる」

「可哀そうよ、そう言っちゃ」

と、晴美が苦笑いして、「あら、ホームズ、どうしたの？」

ホームズは居間の入口の所に座って、じっと二階の方を見上げていた。

何か気づかわしげにしている、そんな風だった……。

22　銃　声

「野上さんが下りてくるとき、もう一度弾いてくれ。それまでは食べてていいから」

と、戸並が言った。

「ご苦労さん」

「はい」

と、祥子は息をついた。

「今日の分は終ったときに払うからね」

「すみません」

沢本はもう食べ始めている。

「――早いのね」

「腹が減ってるからね」

と、沢本は猛然と食べ始めた。

祥子は、嬉しいという気分にはなれない。

野上にされたことを思えば当然のことだろう。しかし、沢本のリサイタル費用を出してくれることまで、はねつけるわけにいかなかった。

もちろん――野上とは会いたくない。たぶん、戸並が実際には動いてくれるはずで、一《いっ》旦《たん》リサイタルが成功すれば、ちゃんと事務所もついて、人の手を借りることもなくなる……。

祥子は、そんな日が来たら、自分はヴァイオリンをやめて、沢本の妻に徹してもいい、などと思っていた。

「沢本さん、電話です」

と、江利子が携帯電話を持って来た。

沢本はびっくりして、

「僕に？」

「ええ。野上先生」

祥子が食べる手を止めた。沢本は皿をテーブルに置いて、電話に出た。

「――もしもし」

周囲がうるさいので、沢本は少し静かな隅の方へ移った。祥子は気になったが、傍について行くのも何だかはばかられて、ゆっくり食事を続けた。

そう長くなかった。沢本は戻って来て、また食べ始めた。

何も言わない。祥子は少し不安になった。

「──ね、何だったの？」

「大した用じゃないさ」

「そう……。お礼、言った？」

「うん、もちろん。旨《うま》いな、このグラタン」

「そうね。持って帰りたいくらい」

「必要ないだろ。いつでも食べられる」

祥子は沢本を見て、

「どういう意味？」

「いつでも、野上さんがおごってくれるさ、可愛い君のためだ」

祥子は皿を置いた。

「──何と言ったの？」

「野上さんが、『今夜も君の彼女を借りるよ』ってさ。『パーティがすんだら、君一人で帰ってくれ』って」

「そんな話──」

「事実だろ？　君の様子、おかしいと思ってた」

「ね、私──」

「この前、一人で先に帰ったんじゃなかったんだな。でも、そ、の、代、り、にリサイタルの費用を出してくれる」

「それは……」

「分ってる。君はあいつの女になってぜいたくをして、僕はピアニストとして成功。どっちにもプラスで、結構じゃないか」

「本気で言ってるの？」

「むろんさ。君も本気だったそうじゃないか、野上と一緒にいて」

「違うわ」

「遠慮することはないんだよ。もう、僕も割り切ることにしたんだ」

沢本は、食事を続けている。

祥子は、フラリとテーブルを離れた。

居間へ出ると、祥子は台所の方をチラッと窺《うかが》った。——忙しく人が出入りしている。

台所へ行って、

「すみません、お水を一杯下さい」

と、声をかけると、

「適当に飲んで下さい。その辺のコップ、きれいだから」

と言われて、流しに向う。

祥子は、そっと働いている人たちを見ると、サンドイッチを切るのに使ったナイフが置いてあるのを目に止めた。

「どうも」

と、礼を言って、祥子は台所を出た。

江利子が忙しく戻って来て、

「あら、祥子さん」

「今、お水を一杯――」

「そう」

祥子は、足早に廊下を戻って行くと、階段を上って行った。


「――分りました」

戸並は、居間の内線電話を置いて、「やっとだ！　やれやれ」

「野上さんか？」

片山は、アトリエから出て、一息入れていた。

「うん。じゃ、下へ行って待つよ」

「僕がここで見ていよう」

と、片山は言った。

居間は、他に人気がない。――片山は妙に落ちつかなかった。

何かありそうな気がする。しかし、それが何なのか見当もつかない……。

階段を、ゆっくり下りて来る足音。

片山は、廊下へ出て行って——呆気《あっけ》に取られた。

野上益一郎が下りて来た。その真赤な上着は、栗原のものに違いなかった。

「野上さん……。その上着は？」

「ああ、これか？　一旦普通のスーツで廊下へ出たんだがね、階段の所まで来たら、これが落ちてた。目立つし、悪くないと思って着替えたんだ」

と、得意げである。

「はあ……。そうですか」

片山の目には、「悪趣味」としか映らないのだが、芸術家のセンスは別なのかもしれない。

「さて、もう準備はできてるのかな」

「戸並が待っているはずです」

「では行こう」

と、肯《うなず》く。

そこへ、

「どこへ行ったのかしら」

と、やって来たのは塚田久美子だった。

そして、野上と目が合うと、ハッとして足を止める。

「――有貴子君の娘さんだね」

と、野上は言った。

「はい」

「いいお母さんを持って幸せだ」

「はい……」

久美子は、じっと野上と目を合せていた。

むろん、お互いに相手が誰か知っているのである。

「信忍と会ったかね」

「あの――今、捜してたんです」

と、久美子は振り向いて、「家の中、あちこち案内してくれてたんですけど、急に見えなくなって」

「大丈夫。あいつは心配ないよ。さあ、パーティ会場へ行こう」

と、野上が促す。

「でも……」

野上が差しのべた手を、久美子は少しおずおずと取った。

「さあ、行こう」

野上は嬉《うれ》しそうだった。

片山は、二人の後からゆっくりとついて行った。

野上の後ろ姿は、急に老け込んで見えた。——どうしてだろう？

アトリエの中では、戸並が、

「皆さん、お静かに！」

と、大きな声を上げていた。「——わざわざお集りいただき、ありがとうございます。先生を偲《しの》ぶために改めて開かせていただいた、このパーティですが、今夜は特別なお客様をお招きしています」

ピアノが鳴った。——〈展覧会の絵〉の〈プロムナード〉のテーマ。

画家のパーティにはふさわしい音楽だろう。

アトリエの照明が消えた。そして、居間から射してくる光の中を、久美子に手を取られた野上が……。

しかし、シルエットでもあり、初めの内は誰だろうと首をかしげる者が多かった。

そして、階段の半ばまで来たとき、パッと明りが点《つ》いた。

唖然とする人たち。——やっぱり、という顔の者もいる。

「お騒がせして」

と、戸並が言った。「先生の復活です!」

拍手が起る。それはやがて全員の大きな拍手になった。

そのとき、銃声が響いた。バン、と短く乾いた、弾《はじ》ける音。

野上がよろける。——誰もが息を呑《の》んだ。

片山は居間の方からそれを見ていたが、野上が階段を転げ落ちそうになると、

「石津!」

と怒鳴った。「止めろ!」

石津が飛び出し、階段を駆け上る。久美子がしっかり野上の手をつかんでいた。

石津は、倒れかかる野上の体を受け止めた。

「片山さん!」

「居間のソファへ! 救急車を呼んで下さい!」

片山は、石津が野上を抱き上げて階段を上って来て居間のソファに寝かせると、赤い上着を脱がせた。

「脇が——」

と、石津は血のついた自分の手を見た。

「うん。脇腹を撃たれたのか」

「どうした!」

栗原が駆けつけて来た。

「課長、野上さんが撃たれました」

「何だと！——この上着、俺のじゃないのか？」

栗原はどうでもいいことに気付いていた。

「——先生」

と、樋口江利子が駆けつけてくる。「今、救急車を呼びました」

「もう……手遅れさ」

と、野上はかすれた声で言った。

「大丈夫ですよ。急所は外れてる。助かりますよ」

と、栗原が力づける。

「いや、もう充分に生きましたよ」

と、野上は小さく肯いた。「江利子……」

「先生——」

「戸並は……」

「今、下の混乱を鎮めようとしています」

「そうか……。やらせとけ。あいつはそういう才能がある」

「上着を脱がせましょう」

片山は、野上の体をあまり動かさないように用心しながら、赤い上着を脱がせた。

「これは……」

片山は脱がせた上着から血が滴り落ちるのを見て目をみはった。

「そんなにひどいんですか？」

「この服が赤いから気が付かなかった！　出血がひどい！　止血しなきゃ」

「——私、やります」

江利子が進み出る。

片山はふと思った。アトリエの方から撃ったのか？　しかし、あれだけの客がいたのにどうやって？

居間の方には片山が立っていた。

あれではどこからも撃てない。しかし、現に野上は撃たれているのだ。

「——お兄さん」

と、晴美が言った。「この匂い」

「うん？」

片山は顔を上げて、「——こげくさいな」

「まさか……」

片山は石津の方へ、

「おい、ちょっと確かめて来い！　万が一ってことがある」

「でも——どこですかね？」

「それを確かめて来るんだよ」

「なるほど」

　と、石津は感心している。

　すると——ドドッと足音がして、地下のアトリエから客たちが次々に駆け上って来た。

「何ごとだ？」

　と、栗原が目を丸くしていると、

「火事だ！」

　という声が聞こえた。

「火事？」

　片山は、急いでアトリエへの階段へと駆けて行ったが、ともかく客たちがどんどん飛び出してくるので、下りられない。

「——先生は？」

　と、戸並が駆け上って来た。

「今、救急車を待ってる。どうしたんだ？」

「分らない。煙が出て来たんだ。こげくさい匂いがして。——火の気なんてないのに」

「ともかく客を出せ。捜査上は困るけど、仕方ない」

「分った。玄関へ誘導するよ」

客たちが出て来るのを、戸並が大声で、

「玄関の方へ！　出て右へ行って下さい！」

と、案内する。

もう客が出てしまったようで、片山はアトリエへと下りて行った。

なるほど、うっすらと煙が漂っていて、こげくさい匂いがする。しかし、火事なら、こんなものではすまないだろう。

「ニャー」

と、どこかからホームズの声がした。

「ホームズ！　どこだ？」

と、キョロキョロしていると、煙った奥の方から、ホームズがやって来た。

何やら口にくわえている。

「何だ？」

と、片山がかがみ込んでみると、黒くこげた布である。

煙を出すために、大方トイレででも燃やしたのだろう。

しかし、なぜ？

石津が下りて来たので、片山はトイレを見に行かせ、自分はアトリエの中を見回した。

ホームズがトコトコとピアノの方へ歩いて行くと、すぐに戻って来た。今度は何をくわえているのかと思ったらヴァイオリンの弓である。

「演奏でもするのか？」

と、その弓を手にして、「そういえば、あの女の子、いなかったな」

水上祥子といったか。——さっき、野上がアトリエに下りて来たときには、ピアノだけが演奏していた。——せっかく二人、雇われていたのに。

片山は、その弓を手に、ちょっと考え込んだ。——石津が戻って来て、

「大丈夫です。もうボロきれが灰になってますよ」

火事騒ぎを起して、逃げるつもりだったのか？　それとも……。


片山が居間へ上って行くと、江利子が野上の上半身を裸にして包帯を巻いていた。晴美も手伝っている。

「お兄さん」

と、晴美が言った。「どうしても、これは撃たれた傷だって言い張るのよ、野上さん」

「当人が言っとるのだ。間違いない」

「野上さん。専門家が見ればすぐ分りますよ。これは刺した傷ですわ」

「弾丸に刺されたのだ」

と、野上は無茶なことを言っている。

「野上さん。――ホームズがこれをくわえて来ました」

と、片山がヴァイオリンの弓を見せて、「あの水上祥子という子、どこにいるんです？」

野上が目をそらし、

「俺は知らん」

と言った。

「本当のことを言って下さい」

「本当のこと？」

野上はチラッと片山を見て、「本当のことを知ったら、君らは俺を放り出して行ってしまうさ」

と言った。

すると――居間の戸口からすすり泣く声がした。

「君か」

と、片山は言った。

水上祥子は、涙を拭《ぬぐ》うと、片山から弓を受け取り、

「――私が野上さんを刺したんです」

と言った。「野上さんは、出血するのを止めようともせず……」

「それで赤い上着をね。血がにじんでいてもすぐには気付かれないように、と」

「そして、私に紙袋をふくらませて、パンと叩《たた》いて割れ、と。銃声らしく聞こえるから、と言われました」

「いいんだ」

と、野上が言った。「その子は正当防衛なんだ。俺が乱暴しようとしたから刺したんだ。当然の権利だ。そうだろ？」

「違います」

祥子はもう泣いていなかった。「確かに、この間のパーティの後、野上さんに私、乱暴されました。それは赦せないと思っています。でも、今日は違います。私、自分のしたことから逃げはしません」

野上は、苦笑しながら、

「若者が年寄りを立てる時代じゃなくなったんだな」

と言った。「——その子に、あの沢本という男のことを諦《あきら》めさせたかった。あの男はこの子にふさわしい奴じゃない。それを、少し乱暴なやり方で知らせてしまった。それをこの子が怒ったのさ」

「いつかは私にも分ったと思います」

と、祥子は言った。「でも、沢本さんのリサイタルはやらせてあげて下さい」

「分った」

と、野上が肯《うなず》く。「それが君のいいところだ」

「あ、サイレン」

と、晴美が言って、「見てくるわ」

と、廊下へ出たが、

「お兄さん！」

「どうした？」

片山も廊下へ出て、立ちすくんだ。

煙っているのは、さっきのアトリエからの煙のせいと思っていたのだ。それが——。

「二階に火が！」

と、晴美が叫んだ。

「何だと！」

野上が傷も忘れて立ち上る。

「動いちゃいけません！」

と、江利子があわてて止めた。

「二階に——好子がいる！」

火が階段の上にチラチラと覗《のぞ》いていた。

「石津！　野上さんを外へ連れて行け！」

片山が階段を駆け上ろうとしたとき、いつの間に上に行っていたのか、ホームズが天辺《てっぺん》から顔を出して鳴いた。

片山が駆け上ると、信忍と久美子に支えられて、好子が咳込《せきこ》みながらやって来た。

火は二階を包んでいる。

「早く！　晴美、奥さんを外へ」

「うん。任せて！」

「君らも出るんだ」

と、片山が促すと、信忍が、

「お母さん、自分で火をつけたの。――死のうとして……」

「分った。それは後だ」

野上が、好子を待っていた。

「さあ、一緒に出よう」

と、好子を抱く。

「あなた……」

「お前を捨てやせんぞ」

「だって……」

「向井か？　あいつは俺の絵の値をつり上げておいて、盗み出すつもりで、お前を誘惑したんだ」

「知ってたの？」

「もちろんだ。男と女のことなら、よく分っとる」

そこへ戸並が駆けつけて来た。

「先生！　早く出て下さい！」

「お前か。——さあ、みんな出よう。消防車は間に合わん」

「先生、待って下さい！　僕は絵を運び出します」

「待て！」

と、野上は戸並を呼び止めた。「俺の絵以外のものだけ運び出せ」

「先生！」

「俺の絵はいい。分ったな」

「しかし——」

「言われた通りにしろ」

野上は言った。「その方がお前のためだ」

戸並がじっと野上を見ていたが、やがて、アトリエへと駆けて行く。

「石津、手伝おう」

と、片山は言った。

しかし、片山は迷っていたのである。

栗原の絵を運び出すべきかどうか、と……。

屋敷が火に包まれるのに、そう時間はかからなかった。

「困ったな」

と、栗原が当惑顔で、「先生、早く救急車に乗って下さい」

野上が、じっと屋敷の燃えるのを見つめて、動かないのである。救急車の隊員はすっかりむくれてしまって、

「タクシーじゃないんだ！　時間待ちしてられないんだから」

と、文句を言っていた。

「先生……」

と、有貴子が野上のそばへやって来た。

「よく見ろ。俺の楽園の最期だ」

「先生……」

「これでいい。──俺はあまりに好き勝手をして来た。その罰を一度に受けることになっ

たんだ」

「何のことです？」

と、有貴子が訊《き》く。

「殺された加代は、好子と向井のことを知っていた。好子は、加代と争って、殺してしまった……」

野上は、小さく首を振って、「俺は加代の姓を知らなかった。わざと言わなかったか、それとも別の名を使ったんだろう。——あいつは、俺の娘だった」

「先生の——」

「溝田という姓を聞いて、分った。珍しい姓だから、隠していたんだろう。俺が父親だと知って、うちに来て働くことにしたんだな」

野上は、ため息をついた。「加代にしても、母親と自分を捨てた男に仕返ししたいと思っていたに違いない。それで好子を脅してやろうとした……。俺が悪かったんだ」

そこへ、戸並が息を弾ませてやって来た。

「先生、大丈夫ですか？」

「絵の方は？」

「おっしゃった通り、塚田さんや栗原さんの絵は助け出しました。でも……」

戸並は、焼けていく屋敷を見て、「アトリエのものは、パーティで大分移してありましたが、何点かは灰ですよ」

「いいさ」

「でも——」

「お前が持ち出しているだろう」

戸並が面食らって、

「何のことです？」

「俺の所にはもういなくていい」

と、野上は言った。「お前は画家としてやっていける。〈チェシャ猫〉などと名のらなくてもな」

「先生……。」

誰もが沈黙した。——片山たちも、戻っていたのである。

「先生……。そんな冗談はひどいですよ」

と、戸並は言った。

「そういうことにしておこう。ともかく、クビだ。さあ、行け」

野上は、促した。

戸並が黙礼して、足早に立ち去る。

「——向井が本当の黒幕です」

と、野上が言った。「盗んだ絵を売り捌《さば》くのは、盗み出すよりむずかしい。向井が、戸並にやらせたのでしょう」

「うそ……」

と、信忍が呆然《ぼうぜん》としている。

「片山さん」

と、野上は言った。「あの戸並を見逃してやって下さい」

「え？」

「あれは私の息子でしてね」

と、野上は戸並の後ろ姿を見やりながら言った……。

エピローグ

　とても病室とは思えなかった。

「アトリエですね、これじゃ」

　と、片山が言った。

「ニャー」

　と、ホームズが鳴く。

「やあ、いらっしゃい」

　野上は、キャンバスに向っていた。「医者は一日一時間しか描いちゃいかん、とかうるさくてな」

「そりゃそうですよ」

　と、片山は笑って言った。

　晴美が、その作品を見て、

「まあ、明るい絵」

　と言った。

「さよう。――地下のアトリエなんかで描いていたのが間違っていた。もっと美しい自然が外にあった、というわけでね」

明るい草原に、裸の家族が戯れている。

暖い、穏やかな作品だった。

「――戸並は、姿を消しました」

と、片山は言った。「向井は犯行を認めましたよ」

「そうか。――絵の一枚に何千万、何億なんて値がつくからいかんのだ。たかが絵具の混ったものなのに」

と、野上は言った。「これからは、第一歩からやり直しだ」

「戸並がご自分の子とご存知だったんですか？」

「あいつの絵のタッチがね。自分じゃ、わざと違うように描いているのだろうが、似ている。おや、と思った。そして顔をよく見ると、昔のある女と似ている」

「罪作りな方」

と、晴美が言った。

「そう。だからこそ楽園を追われたのだ」

と、野上は肯《うなず》いた。「人生、いつかはつけを払うときが来る」

「まだこれからですわ」

「そうだね。——好子もいる。残しては死ねんよ」

野上は、ゆっくり立ち上って、「ここは光もよく入る。新しい家ができるまで、ここに住むかな」

借家と間違えているらしい。

「これ、課長からです」

と、片山はフルーツをテーブルに置いて、「改めてお見舞いに伺うと申してました」

「よろしく伝えて下さい」

「張り切って、また描いてるようです」

野上は笑って、

「描くことは理解への最良の道。そう心配しなくても、その内飽きます」

片山は、それを聞いて安心(?)した。

——片山たちは廊下へ出ると、

「何だか、あんな風に健全になっちゃうと、あれはあれで寂しいわね」

と、晴美は言った。「もちろん、あちこちからこれ以上子供が出て来るんじゃ困るけど、あの生命力は……」

「やあ」

と、片山は信忍が来るのを見て、手を振った。

「片山さん！」

学校帰りの信忍は、バタバタと駆けて来て、「いけない！　病院の中だった」と、舌を出した。

「いつも元気だね」

「戸並さん、見付からない？　あの人が〈チェシャ猫〉だなんて、信じられない。私、話までしたのに」

「昔、役者の訓練を受けて、声優をしていたこともあるんだ。何種類も声が出せるんだよ」

「そうか。――しかも、私のお兄さん！」

信忍は首を振って、「急に兄妹がふえちゃった！」

「じゃ、また来るよ」

「あ、そうそう。――ね、お父さんに言ってやってよ」

「何を？」

「可愛い看護婦さんを見ると、すぐに『ヌードを描かせてくれ』って言い出すの。私、恥ずかしくって！」

――片山と晴美は、信忍が病室へ入って行くと、顔を見合せ、

「そう心配することもないようね」

「そうだな」

と、肯き合った。

「ニャー」

ホームズも同感の意を表わして、三人は病院の玄関へと向ったのだった。

解説

永江　朗

　えー、皆さん、『三毛猫ホームズの失楽園』をお楽しみいただきましたでしょうか。さて、この小説の読みどころといいますと……えっ？　なんですって？　「この小説が面白いことはよく分かっている、いま読み終えたばかりだから」ですって。そりゃそうだ。

　それでは、解説者としまして、本作をさらに楽しんでいただくために、いくつか話題を提供することにいたしましょう。

　まず、タイトルについて。

「失楽園」といえば、大ベストセラーになった渡辺淳一の同名小説を思い浮かべる方も多いかと存じます。しかし、渡辺氏の『失楽園』が刊行されたのは一九九七年の二月。本書の親本であるカッパ・ノベルス版『三毛猫ホームズの失楽園』が刊行されたのは一九九六年の一一月でした。内容的にも、渡辺氏の『失楽園』とはまったく関係がない……こともないんですね。渡辺氏もそして本書も、本歌（「本歌取り」の本歌です）としているのは旧約聖書に出てくる楽園追放の物語です。

『創世記』第三章にこのエピソードがあります。アダムとイヴが楽園で呑気《のんき》に暮らしておりました。楽園の木の実を食べて、何不自由なく。ただし神様は、楽園の中央にある木の実だけは、食べちゃいけないよと言っていました。ちなみに、二人は全裸でした。恥ずかしいという概念がなかったのです。

ところがずる賢い蛇が近づき、木の実を食べるようイヴをそそのかします。食べたら眼が開けて、善悪の一切が分かるようになるよ、と。イヴはまんまと引っ掛かり、木の実を食べてしまいます。すると確かに眼が開きました。眼が開いたら、自分たちが真っ裸であることに気づき、あわててイチジクの葉で前を隠します。

言いつけを破ったことに怒った神様は、二人を楽園から追放します。それだけではありません。〈わたしは君の苦痛と欲求を大いに増し加える。君は子を生むとき苦しまねばならない。そして君は夫を渇望し、しかも彼は君の支配者だ〉と神様はイヴに言います。アダムには、一生の間、食べるために働かなければならない、死んだら土に帰らなければならない、と言います（訳は岩波文庫『創世記』関根正雄訳を参考にしました）。

つまり、私たちがいま、働いたり、死んだり、苦痛があったり、羞恥《しゅうち》を感じたり、そして異性に強く惹《ひ》かれたりしてしまうことのすべての根源が、この楽園の知恵の実の盗み食いと、楽園からの追放にあったのでした。

本書で重要な題材となるのは、この楽園追放、つまり「原罪」をテーマにした絵画のコンクール、「アダムとイヴ・コンクール」です。しかし、たんに入選作発表の場で事件が起きるから『三毛猫ホームズの失楽園』なのではなく、この公募展の選定者、野上益一郎画伯の堕《お》ちた状況こそが「失楽園」である、という意味も込められています。異性に強く惹かれずにはいられない男。まあ、あけすけに言うと、下半身のゆるいスケベオヤジということなのでしょうが、スケベオヤジだって好きでスケベであるのではなく、自分でもどうしようもないんです。スケベだってつらいんです（あ、思わず力が入ってしまいましたが、私のことじゃありませんよ）。

「失楽園」といえば、ミルトンの『失楽園』も忘れてはいけません。イギリスの詩人、ジョン・ミルトンが一六六七年に書いたこの叙事詩は、もちろん『創世記』のエピソードを元にしていますが、堕天使ルシファーや良い天使のミカエルやガブリエル、ラファエル、アブディエルなどが活躍する愉快なものです。ファンタジー小説の原型か？　と思うほど。また、野上益一郎をルシファーに（いや、サタンのほうが的確？）、他の登場人物を良い天使たちに見立てるのも一興かと思います。

「何も『失楽園』の三文字から、むりやり聖書まで引っ張ってくることはないじゃないか」という声も聞こえてきそうです。でも、やっぱり聖書を気にしながら読むと、この小説は広がります。書き出しの一行を覚えていますか？

〈初めに光があった〉

これは『創世記』の第一章の冒頭、〈始めに神が天地を創造された。地は混沌《こんとん》としていた。暗黒が原始の海の表面にあり、神の霊風が大水の表面に吹きまくっていたが、神が、「光りあれよ」と言われると、光が出来た。神は光を見てよしとされた〉の引用、あるいはパロディです（訳は前掲書）。この小説は最初から「『創世記』を参照せよ」と言っているのです。

「アダムとイブ・コンクール」が泥棒に狙われる、というのが本書の事件のきっかけですが、その泥棒の名前はチェシャ猫。『不思議の国のアリス』に出てくる、「笑い」だけ残して消える猫です。『不思議の国のアリス』はルイス・キャロルが書いたファンタジー。キャロルというのはペンネームで、本名はチャールズ・ラトウィッジ・ドジソンという数学者です。彼が知り合いの少女、アリスのために書いたお話が元になっています。ドジソンが撮ったアリスの写真が残っていますが、なかなかの美少女です。ドジソンって、もしかしてロリコン？　などと不埒《ふらち》な連想を。そういや、本書でも十六歳の少女のヌードが出てくるしなあ……。

ファンタジーと言いましたが、駄洒落《だじゃれ》やパロディ、なぞなぞなどが込められており、数学者らしいナンセンス論理なども見られます。猫が笑うのも奇妙だけど、猫の実体が消えても笑いだけ残るなんてもっと奇妙ですからね。虚数だのなんだのを扱う数学と通じるところがあります。

作者は、たんに泥棒のしゃれた名前としてチェシャ猫を使ったのでしょうか。そんなことはないと思います。実体が消えて笑いだけ残るチェシャ猫は、何かの比喩《ひゆ》では？　たとえば芸術家が死んでも、良い作品は永遠に残る、というような。

もうひとつ、アリスは現実世界の論理が通用しない、ねじくれた世界に迷い込みますが、コンクールの発表会場となる野上邸もまた、アリスの不思議の国（ワンダーランド）のようです。さながら授賞パーティーはアリスが参加する終わらないお茶会。真っ白なタキシードで登場する栗原課長は三月ウサギというところでしょうか。

つまり、本書『三毛猫ホームズの失楽園』には、『創世記』、ミルトンの『失楽園』、ルイス・キャロルの『不思議の国のアリス』などが隠されているのです。『源氏物語』以来、日本の文学がずっと行ってきた本歌取りの手法ですね。本歌が分かると、この小説の面白さが倍増します。

本書では絵画のコンクールが題材になっていますが、これについてもひと言ご説明しておきましょう。日本の美術界では、一人前の画家になるためのシステム、あるいはコースのようなものができ上がっています。まず、美大に入る。そこで有名教授の目に留まる。次に仲間とグループ展を行う。次に個展を行う。会場は銀座の画廊が望ましい。評論家の目に留まり、展評が美術雑誌に載る。画商が注目し、専属契約を交わす。ミュージシャンがストリートで歌い、次にライブハウスに出て、やがてインディーズでCDを出し、ついにはメジャーデビューというプロセスと似ています。もうひとつのコースは公募展に応募して受賞、いきなりデビュー。

どちらのシステムにも一長一短があります。グループ展、個展と積み重ねて、誰かに見《み》出《いだ》されるのを待つのは、確かに絵を描くテクニックは向上するかもしれないけれども、アートとしての迫力はそがれて、型にはまったものしか描けなくなるかもしれない。師弟関係だの派閥だの、いろいろありそうですし。公募展でデビューというのは公正なようですが、選考委員の恣意《しい》的な判断に左右されがちです。本書でも第11章「選考」で、選考委員同士の見栄《みえ》や嫉妬《しっと》の入り混じった駆け引きが描かれています。

有名な画家の絵が本当に良いとは限らないし、高額で取り引きされる絵に芸術的価値があるとも限りません。「名鑑」だの「年鑑」だのとついた芸術家の名簿があります。分厚い電話帳のような本で、数万人の作家の名前が載っています。そして、作品の取引価格が出ているのですが、これがなんと1号あたりいくら、という値段(号というのはキャンバスの大きさです)。つまり大きな絵ほど高い。まるで量り売りです。しかもその値段は作品の良し悪しではなく画壇内での政治的権力で決まる傾向があります。

日本人は世界でもトップクラスの美術展好きです。展覧会別の一日あたり平均入場者数では、東京の美術館・博物館が世界のランキング上位にいくつも入っています。ところが作品を買う一般の人はまだまだ少ない。その一方で、1号あたりいくらと値段がつけられる絵画。『三毛猫ホームズの失楽園』には、そうした美術界への皮肉も込められているようです。この皮肉が、美術界だけに向けられたものなのか、それとも文学界にもあてはまるのかは、読者の皆さんの判断を仰ぎたいところです。

どうですか？　いろんな要素が入っているでしょう？　もういちど最初から、『三毛猫ホームズの失楽園』を読み返したくなったでしょう？

本書は一九九九年一一月に光文社文庫から刊行されました。

三毛猫《みけねこ》ホームズの失楽園《しつらくえん》

赤川《あかがわ》次郎《じろう》

角川文庫 14677

平成十九年五月二十五日　初版発行

発行者―井上伸一郎

発行所―株式会社角川書店
東京都千代田区富士見二―十三―三
電話・編集（〇三）三二三八―八五五五
〒一〇二―八〇七八

発売元―株式会社角川グループパブリッシング
東京都千代田区富士見二―十三―三
電話・営業（〇三）三二三八―八五二一
〒一〇二―八一七七
http://www.kadokawa.co.jp

印刷所―暁印刷　製本所―BBC

装幀者―杉浦康平

あ 6-230　ISBN978-4-04-187995-5　C0193

角川文庫発刊に際して

角川源義

第二次世界大戦の敗北は、軍事力の敗北であった以上に、私たちの若い文化力の敗退であった。私たちの文化が戦争に対して如何に無力であり、単なるあだ花に過ぎなかったかを、私たちは身を以て体験し痛感した。西洋近代文化の摂取にとって、明治以後八十年の歳月は決して短かすぎたとは言えない。にもかかわらず、近代文化の伝統を確立し、自由な批判と柔軟な良識に富む文化層として自らを形成することに私たちは失敗して来た。そしてこれは、各層への文化の普及滲透を任務とする出版人の責任でもあった。

一九四五年以来、私たちは再び振出しに戻り、第一歩から踏み出すことを余儀なくされた。これは大きな不幸ではあるが、反面、これまでの混沌・未熟・歪曲の中にあった我が国の文化に秩序と確たる基礎を齎らすためには絶好の機会でもある。角川書店は、このような祖国の文化的危機にあたり、微力をも顧みず再建の礎石たるべき抱負と決意とをもって出発したが、ここに創立以来の念願を果すべく角川文庫を発刊する。これまで刊行されたあらゆる全集叢書文庫類の長所と短所とを検討し、古今東西の不朽の典籍を、良心的編集のもとに、廉価に、そして書架にふさわしい美本として、多くのひとびとに提供しようとする。しかし私たちは徒らに百科全書的な知識のジレッタントを作ることを目的とせず、あくまで祖国の文化に秩序と再建への道を示し、この文庫を角川書店の栄ある事業として、今後永久に継続発展せしめ、学芸と教養との殿堂として大成せんことを期したい。多くの読書子の愛情ある忠言と支持とによって、この希望と抱負とを完遂せしめられんことを願う。

一九四九年五月三日

角川文庫ベストセラー

死者の学園祭　赤川次郎

立入禁止の教室を探検する三人の女子高生。彼女たちは背後の視線に気づかない。そして、一人一人、この世から消えていく……。傑作学園ミステリー。

人形たちの椅子　赤川次郎

工場閉鎖に抗議していた組合員の姿が消えた。疑問を持った平凡なOLが、仕事と恋に揺れながらも、会社という組織に挑む痛快ミステリー。

素直な狂気　赤川次郎

借りた電車賃を返そうとする若者。それを受け取ると自らの犯行アリバイが崩れてしまう……。日常に潜むミステリーを描いた傑作、全六編。

輪舞《ロンド》—恋と死のゲーム—　赤川次郎

様々な喜びと哀しみを秘めた人間たちの、出逢いやすれ違いから生まれる愛と恋の輪舞《ロンド》。オムニバス形式でつづるラヴ・ミステリー。

眠りを殺した少女　赤川次郎

正当防衛で人を殺してしまった女子高生。誰にも言えず苦しむ彼女のまわりに奇怪な出来事が続発、事件は思わぬ方向へとまわりはじめる……。

やさしい季節(上)(下)　赤川次郎

トップアイドルへの道を進むゆかりと、実力派の役者を目指す邦子。タイプの違う二人だが、昔からの親友同士だった。芸能界を舞台に描く青春小説。

禁じられた過去　赤川次郎

経営コンサルタント・山上の前にかつての恋人・美沙が現れた。「私の恋人を助けて」。美沙のため奔走する山上に、次々事件が襲いかかる！

角川文庫ベストセラー

MとN探偵局
夜に向って撃て
赤川次郎

女子高生・間近紀子（M）は、硝煙の匂い漂うOLに出会う。一方、「ギャングの親分」野田（N）の愛人が狙われて……。MNコンビ危機一髪!!

三毛猫ホームズの家出
赤川次郎

珍しくホームズを連れて食事に出た、石津と晴美。帰り道、見知らぬ少女にホームズがついていってしまった！　まさか、家出!?

おとなりも名探偵
赤川次郎

〈三毛猫ホームズ〉、〈天使と悪魔〉、〈三姉妹探偵団〉、〈幽霊〉、〈マザコン刑事〉。あのシリーズの名探偵達が一冊に大集合！

キャンパスは深夜営業
赤川次郎

女子大生、知香には恋人も知らない秘密が。そう、彼女は「大泥棒の親分」なのだ！　そんな知香が学部長選挙をめぐる殺人事件に巻きこまれ……。

冒険配達ノート
ふまじめな天使
赤川次郎
絵：永田智子

いそがしくて足元ばかり見ている人たち。うつむいている君。上を向いて歩いてごらん！　いつまでも夢を失わない人へ……愛と冒険の物語。

屋根裏の少女
赤川次郎

中古の一軒家に引っ越した木崎家。だが、そこには先客がいた。夜ごと聞こえるピアノの音。あれは誰？　ファンタジック・サスペンスの傑作長編。

十字路
赤川次郎

恋人もなく、仕事に生きる里加はある日見知らぬ男と一夜を共にすることに。偶然の出逢いが過去を甦らせるサスペンスミステリー。

角川文庫ベストセラー

角川文庫ベストセラー

きまぐれロボット 星 新一

なんでもできるロボットを連れて、離れ島にバカンスに出かけたお金持ちのエヌ氏。だがロボットは次第におかしな行動を……表題作他、35篇。

声の網 星 新一

ある時代、極度に発達した電話網があった。電話を介してなんでもできる。ある日謎の強盗予告の電話が……。ネット社会を予見した不朽の名作。

ちぐはぐな部品 星 新一

SFから、大岡裁き、シャーロック・ホームズも登場。星新一作品集の中でも、随一のバラエティ。30篇収録の傑作ショートショート集。

覆面作家は二人いる 北村 薫

姓は《覆面》、名は《作家》。二つの顔を持つ新人作家が日常に潜む謎を鮮やかに解き明かす——弱冠19歳のお嬢様名探偵、誕生！

覆面作家の愛の歌 北村 薫

きっかけは、春のお菓子。梅雨入り時のスナップ写真。そして新年のシェークスピア…。三つの季節の、三つの謎を解く、天国的美貌のお嬢様探偵。

覆面作家の夢の家 北村 薫

「覆面作家」こと新妻千秋さんは、実は数々の謎を解いてきたお嬢様探偵。今回はドールハウスで起きた小さな殺人に秘められた謎に取り組むが…!?

冬のオペラ 北村 薫

名探偵に御用でしたら、こちらで承っております。真実が見えてしまう名探偵・巫弓彦と記録者であるわたしが出逢う哀しい三つの事件。